www.mayabook.co.kr

www.mayabook.co.kr

www.mayabook.co.kr

www.mayabook.co.kr

일구이언이부지자

일구이언 이부지자 ❻

지은이 | 이문혁
펴낸이 | 권순남
펴낸곳 | (주)마야 · 마루출판사

등록 | 2008. 1. 7(제310-2008-00001호)

초판 인쇄 | 2009. 7. 1
초판 발행 | 2009. 7. 6

주소 | 서울시 노원구 상계 1동 1049-25 신영산업 BD 602호
대표전화 | 02-2091-0291
팩스 | 02-2091-0290
이메일 | marubooks@hanmail.net

ISBN | 978-89-5974-363-6(세트) / 978-89-5974-594-4
정가 | 8,000원

잘못된 책은 교환하여 드립니다.
저자와 협의하여 인지를 붙이지 않습니다.

일구이언 이부지자

이문혁 신무협 장편소설

6

목차

프롤로그 …007

제1장. 갑남을녀(甲男乙女) …025
   - 갑이라는 남자와 을이라는 여자라는 뜻으로,
     이름이 알려지지 않은 평범한 사람을 비유하는 말

제2장. 낙정하석(落穽下石) …053
   - 함정에 빠진 사람에게 돌을 떨어뜨린다는 뜻으로,
     어려운 처지에 놓인 사람을 도와주기는커녕
     도리어 괴롭힘을 비유적으로 이르는 말

제3장. 거두절미(去頭截尾) …083
   - 요점만 남기고 앞뒤의 말은 빼버린다는 뜻

제4장. 공중누각(空中樓閣) …103
   - 공중에 지은 누각처럼
     근거나 바탕이 없는 사물을 가리키는 말

제5장. 계주생면(契酒生面) …127
   - 내 물건이 아닌 남의 물건을 가지고 자기가 생색내는 것

제6장. 건목수생(乾木水生) …151
   - 마른나무에서 물이 난다는 뜻으로,
     아무것도 없는 사람에게 무엇인가를 내놓으라고 하는 것

제7장. 구여현하(口如懸河) …181
- 입이 급히 흐르는 물과 같다는 뜻으로,
  말을 거침없이 잘하는 모습을 뜻하는 말

제8장. 고군분투(孤軍奮鬪) …207
- 사람 수도 적고 힘도 약한데 남의 도움도 없이
  힘에 겨운 일을 악착스럽게 하는 것

제9장. 경조부박(輕佻浮薄) …231
- 말과 행동이 침착하지 못하고
  신중하지 않은 것을 가리키는 것

제10장. 남선북마(南船北馬) …253
- 남쪽은 물이 많아 배를 타고
  북쪽은 땅이 많아 말을 탄다는 뜻으로,
  여기저기 바쁘게 돌아다닌다는 것

제11장. 낭중취물(囊中取物) …275
- 주머니 속에 든 것을 꺼내 가지는 것처럼
  아주 손쉽게 얻는다는 뜻

제12장. 고어지사(枯魚之肆) …297
- 마른 고기의 어물전.
  매우 어렵고 구차한 처지를 이름

제13장. 광일미구(曠日彌久) …315
- 하는 일 없이 헛되이 세월만 보내어 오래 끌고
  머문다는 뜻으로, 쓸데없는 소모전을 이르는 말

일구이언 이부지자

프롤로그

논검(論劍).

 검을 논한다. 대장장이나 수집을 취미로 하는 사람들에겐 질 좋고 성능 좋은 검을 찾고자 충분히 나눌 법한 이야기다.

 그러나 검을 사용해 목숨을 빼앗고 빼앗기는 상황조차 검을 논한다고 이야기하면 본래 의미하는 것과는 변질된 뜻이 된다.

 일반적으로 검(劍) 자체를 바라보고 평가하는 것은 논(論)한다라고 말하지 않는다. 보편적으로 평(評)한다라는 말을 쓰는 게 맞다. 다시 말해 물건에 이상이 있는지 살펴본다는 뜻이 되겠다.

 그렇다면 논한다는 말은 어쩌다 쓰게 된 것일까. 이것은 논(論)이란 말의 뜻을 곰곰이 살펴볼 필요가 있다.

보통 평가한다는 것은 전문가의 시선, 또는 각자의 정보와 지식에 의해 종합적인 결론을 내린단 의미를 담고 있지만, 논한다는 것은 결론을 내기 위해 의견을 나누거나 서로의 정보를 비교하고 그것을 바탕 삼아 평가에 들어가겠다는 말이 된다.

비무(比武).

비무는 말 그대로 무(武)를 비교한다는 뜻이니 논검에 비해 아주 수월하고 이해하기 쉬운 말이 되겠다.

무를 비교하는 것과 검을 논하는 것은 무인들 사이에 자주 등장하는 말이고, 상례를 들여다보면 비슷한 목적을 가진 것처럼 보인다.

그러나 사실 그 속을 들여다보면 목적하는 바는 물론이고 의도 자체가 완전히 틀어져 있음을 알 수 있다.

무를 비교하는 것은 각자의 무를 내놓고 뭐가 더 좋은지, 누가 더 강한지 결론에 다다를 수 있다. 그러나 검을 논하는 것은 결론에 도달하기보단 비교할 수 있는 무의 완성을 위해 더욱 가다듬는다는 뜻이 된다.

검과 검을 놓고 어느 게 더 강한지 부딪쳐 보는 게 비무라면, 검을 만들기 전에 어떻게 만들어야 잘 만들 수 있는지 또 자신의 방법이 옳은지 그 타당성을 점쳐 보는 게 논검이라는 뜻이다.

그렇다면 왜 어떤 사람은 비무를 하고 어떤 사람은 논검을 하는가? 이런 생각이 들지 않을 수 없다.

비무를 하거나 논검을 하거나 어차피 주체는 무인이 아닌가 말이다.

자, 그럼 이쯤에서 비무를 원하는 사람과 논검을 원하는 사람의 차이를 확인해보자.

인간이란 동물은 본래 생존에 민감한 반응을 보인다. 물론 인간을 제외한 다른 동물들이 생존에 둔감하다는 뜻은 아니다. 단지 생존을 위한 수단이나 방법에 있어 궤를 달리한다는 뜻이 되겠다.

인간은 생존을 위해 무리를 이루고, 무리를 이루면 그 무리를 지키고 유지하기 위해 또 다른 생존법을 모색한다. 다른 동물에 비해 점층적 구조를 쌓아갈 수 있는 지능이 발달했다는 뜻이다.

물론 마음이 앞서거나 상황을 판단하는 데 문제가 있어 자신도 모르게 점층이 아닌 수직 상승을 하게 되는 양상이 벌어지기도 하는데, 이때 인간이란 동물은 다른 여타의 동물들과 다른 반응을 보이게 된다.

보통 동물들은 먹고 자는 공간을 지키는 것 외엔 딱히 영역에 대한 욕심이 없다. 그러나 침범이라는 일이 생기면 결사 항전의 뜻을 비치기도 하는데, 이때 인간과 다른 동물들의 차이가 극명하게 드러난다.

말 그대로 동물들이 결사 항전을 할 때는 생존권에 극심한 피해를 입는 경우가 대부분이다.

하지만 그 외의 상황, 예를 들어 도저히 이길 수 없는 적이 등장을 하거나 또는 그런 적을 자극했을 경우 동물들은 자신이 취해야 할 행동을 명확히 알고 있다.

'복종하거나 도주하거나.'

그리고 이 이상의 행위는 하지도 않고 할 생각도 없다. 이외엔 결국 적에게 죽임을 당하는 일이 전부기 때문이다. 아니, 알고 있다기보단 그렇기 때문에 동물일 수밖에 없는지도 모른다.

그러나 인간은 그와 다른 양상을 보이는 경우가 많은데 그 첫 번째가 앙심(怏心)이다. 납득이나 인정이 아닌 독기 서린 마음을 가슴속 어딘가에 쌓아둔다는 이야기다. 보편적으로 복수라는 말은 바로 앙심을 품기 때문에 생겨난 말이니 말이다.

비무와 논검을 말하는데 뜬금없이 앙심은 웬 말이고 복수는 왜 튀어나오느냐 따지고 싶을지도 모른다. 그러나 다음을 듣고 나면 일부 이해가 될 것이다.

생존에 입각한 인간의 행위는 모두 2가지다. 하나는 생산적 활동이고 다른 하나는 생산적 활동을 위한 지적 연구심이다. 여기까지만 이야기한다면 세상은 평화로울 것이고 천재(天災)를 제외하곤 인명은 재천일 것이다.

말했다시피 그 이상은 관심이 없는 동물들과 달리 인간은 과도한 관심과 그 관심을 파헤치고자 하는 탐구심이 강하다.

생산적 활동을 위해 지적 연구심을 가지는 것까진 좋으나 그 정도가 지나쳐 먹고사는 것 외의 또 다른 행태, 예를 들어 인간이라면이라든가 인간이니까 등의 당위성을 설파한다는 것이다.

먹고 싸고 자고, 이 3가지가 생존의 기본권이고 조금 더 나아가 종족 번식의 원초적 행위가 더해질 정도면 충분할 것을 왜 먹어야 하는지, 왜 싸야 하는지, 꼭 자야만 하는지를 궁금해한다는 것이다.

배가 고프니 먹고 마려우니 싸고 피곤하니 자는 것이라 생각하는 것 자체도 그 궁금증의 답으로 등장한 말이니, 인간의 탐심(貪心)은 말로 설명하기에 한계가 있다 하겠다.

앙심과 복수를 이야기한다 말해놓고 왜 갑자기 먹고 싸는 이야기를 늘어놓느냐고? 껄껄껄. 이래서 안 된다는 것이다. 인간이 사고뭉치로 전락한 데는 바로 당신 같은 급한 성질이 한몫했음을 알고 있는가? 다 이유가 있어서 떠들어대는 것이니 조금만 참아주길 바란다.

다시 이야기해보자. 인간의 궁금증, 일명 탐심으로 귀결되는 이 욕구는 먹고 자고 싸는 것의 중요성을 찾고자 하는 마음에서 비롯되었지만, 결국엔 왜 그런 마음이 시작되었는지는 잊어버리고 왜 이런 탐심에 젖어 사는가로 엉뚱하게 이야기는 흘러가버린다.

다시 말해 탐심은 탐심을 부르고 결국 그 탐심은 본래 취지를 망각한 채 자꾸만 엉뚱한 곳으로 흘러가버린다, 이 말이 되겠다.

다시 처음으로 돌아가 보자. 생존권 획득을 위한 최소한의 노력이 결국엔 본래의 취지를 망각하고 어디까지 흘러들었는지 말이다.

자, 이쯤에서 한번 등장해줘야 하는 것은 인간이 아닌 사람이라는 단어다. 인간은 동물 중에 우리 종족을 지칭하는 말이나, 사람이라는 단어는 권리와 의무를 함께하는 인간의 또 다른 이름이 되겠다.

자연인(自然人)이라는 말과 법인(法人)이라는 말이 있는데, 인간은 평등과 근원을 뜻하는 자연인에 가깝고 사람은 권리와 의무를 포함한 사회적 환경을 포함한 뜻이 되는 깃이다.

자연인이 가질 수 있는 탐심은 자연에서 어떻게 하면 살아남는가로 귀결되지만 사람, 다시 말해 법인이 돼버린 인간의 탐심은 살아가는 방법을 어떻게 해야 잘 사는가로 귀결된다. 물론 이때 필요한 것이 인간의 권리와 의무이다.

원초적 생존 본능에서 파생한 탐심에 권리와 의무가 뒤섞이면 정체를 파악하기 어려운 괴물이 태어나는데, 이것이

바로 '나는 왜!'라는 질문 또는 외침이다. 다시 말해 다른 이들과 비교를 시작한다는 뜻이다.

이 이야기 서두에 툭 던지듯 내놓은 질문이 있을 것이다. 비무나 논검이나 무인이 하는 짓은 분명한데 누구는 비무고 누구는 논검인가.

자, 여기에 대한 답이 가까워졌다. '나는 왜!'라는 질문 또는 외침은 지적 탐심에서 멈춰야 했던 자연인의 의지가 관습과 굴레에 엮여들며 탐심을 위한 탐심으로 변절되었음을 뜻한다.

'그냥 좋아서', '행복하니까', '그 이상 다른 이유가 있나?' 등의 대답을 하는 것은 대단히 초심적인 경우에 속한다. 즉, 자연인에 가까운 인간 본연의 탐심이란 뜻이다.

그런데 다시 한 번 이야기해보자. '아직도 그만큼이야?', '겨우 그 정도 하려고?', '그깟 이유로 살고 있다면… 훗.' 등의 이야기를 들었다 하자. 내적 자극에 의한 자연스러운 발로가 아니라 외적 자극에 의한 타의적 발로를 생각해보자.

역시 이번에도 비교다. 배가 부르면 그만인 사람에게 겨우 그것으로 배가 부르냐고 충동질하는 짓은 배 터져 죽어보라는 악의적 시비에 가깝다.

사실 비교를 통해 성장을 하고, 또 학습과 지위를 쌓아가는 것이 사회적 통념이라고 말하는 이들도 많을 것이다.

물론이다. 당연한 말씀이고 그 외에 다른 말로 어떻게 포장한다고 해도 결국엔 그게 그것일 것이다.

그렇다면 비무(比武)는 무인들의 욕망과 야망을 위한 현실적인 대안이 된다고 볼 수 있지 않을까? 어떤 사람이 비무를 하는가란 질문에 답을 해야 한다면 위와 같은 것이다.

무(武)가 좋아 행복했던 자연인이 비(比)를 통해 법인이 되어간다는 말을 붙인다 해도 틀렸다 할 수 없을 것이다. 세상과 동떨어져 혼자 즐기면 그만이었겠지만, 인간이 무리를 지어 사회를 이루었으니 사람으로서 생존 방식을 모색할 수밖에 없다는 뜻이다.

그렇다면 두 번째 질문. 누가 논검을 하는가에 대해서 간략하게 정리를 해보자.

비무가 결론을 만들어내기 위한 행위였다면, 논검은 이미 말했다시피 완성을 위해 나누는 것이라 했다.

비무가 사람이 하는 짓임은 이제 누구나 알고 있을 것이다. 욕망과 야망의 현실적 대안이라고 했으니 말이다. 문제는 논검 역시 욕망과 야망의 현실적 대안에서 벗어나지 못하고 있다는 것이다.

뭔가 이상하다. 비무는 결론을 도출하는 것이고 논검은 완성을 위해 나누는 것이라 했는데, 승자가 모든 것을 가지는 비무와 서로가 나누는 논검이 결국 같은 목적을 가지고 있다니.

결국엔 모두 탐심을 벗어나지 못한 세속된 것이 아닌가 말이다.

 당연한 일이다. 고고한 삶을 살아가는 깊은 산속의 도인이나 남의 주머니를 탐하고 하루를 빌어먹는 악인이나 먹고 싸면 결국엔 똥이 아니던가. 단지 비무와 논검을 벌이는 이들의 차이를 이야기한다면 논검은 어떤 똥을 싸는 게 좋은지를 연구하는 갑론을박의 자리라면, 비무는 그 똥을 내가 싸보겠다고 용을 쓰는 행위에 불과하다는 뜻이다.

 똥을 싸는 법을 연구하는 놈이나 그 똥을 싸고 있는 놈이나 결국엔 비슷한 놈들이 유사 행위에 다른 방법으로 접근하는 것이 되겠다.

 그런데 여기서 잠깐. 먹고 싸는 것은 누가 어떻게 하든 생존을 위해선 당연한 과정이다. 기억하는가? '배가 고프니 먹는다.'와 '먹었으면 싼다.'는 불변의 진리다.

 그런데 그 진리에 의문을 품고 고심을 하는 동물이 누구였더라? 의심을 하다 말고 탐심에 권리를 부여했던 것은 누구였더라? 거기다 그것이 의무라고 확신한 동물들은 또 누구였는가 말이다.

 누구나 아는 사실을 특별한 것인 양 고민하고 고심해서 얼토당토않은 결론을 만들어내는 행위. 그리고 그 결론을 증명해 보이겠노라 목숨을 거는 행위. 이것이 논검이고 비무라는 것이다.

이기든 지든 권리와 의무에 납작 엎드린 사람들. 결국엔 앙심을 품고 복수를 꿈꾸며 성공했노라 자부하는 사람들. 그리고 그 자부심을 들먹여 성공의 법칙을 논하는 사람들. 그들의 논리에 따라 다시 목숨을 거는 웃지 못할 세상이 바로 인간이 만들어놓은 허영이라는 괴물이다.

그대는 앙심과 복수의 성공자들이 논하는 웅변에 혹해 사지로 달려가고 있지는 않은가?

행복은 말이다, 뭔가 조금씩 부족할 때 또 그것을 찾고자 부지런을 떨 때, 그때가 정점인 것이다.

◈ ◈ ◈

"이야기가 엉뚱한 방향으로 흐르긴 했지만 흥미 있는 주장이네."
"흥미뿐입니까?"
"그 이상을 느껴야 하는 거였나?"
"하긴 느꼈다고 행할 수 있는 것도 아니지 싶습니다."
관치는 시간만 낭비했다는 듯 아쉬운 표정을 지었다.
"이것저것 생각이 많은 사람 입에서 나올 말은 아닌 것 같군."
무명 마의에 청수한 모습을 한 중년 사내는 '자네부터 해보지 그러나?' 하는 표정을 지었다.

"그래서 하는 말이지 않습니까. 꼭 이렇게 이기고 지는 걸로 끝을 봐야 하는가, 이 말입니다. 결국엔 불특정 다수가 피를 흘리게 되고 억울한 죽음이 생겨날 게 분명한데 말입니다."

"자네가 흥미 있는 이야기를 해준 대가로 나도 한마디 해주지."

"경청하겠습니다."

"행복은 뭔가 조금씩 부족할 때 또 그것을 찾고자 부지런을 떨 때, 그때가 정점이라고 했지?"

"그렇습니다."

"지금이 그러하네."

"……"

"그래서 멈출 수가 없는 것이지."

"그렇습니까?"

"그렇다네."

"이미 말씀드렸습니다만… 탐심은 종종 본래 목적을 잃고 방황하기도 한다고 했지 않습니까."

"그렇지."

"멈출 수 없다면 다른 쪽으로 달려 보시면 어떻겠습니까?"

"다른 쪽이라……"

"꼭 치고받고 피를 봐야 누리는 것은 아니지 않습니까. 무림을 얻는다 해도 그 넓은 세상을 시시때때로 맛볼 수 있는 것도 아님을 알고 계시지 않습니까."

"자네 말이 맞네. 그런데 자네가 이런 말도 했지. 무리를 이루고 나면 그 무리를 지키는 데 급급해 본래 취지를 되새기기 어렵다고 말일세."

관치는 상대의 말에 길게 한숨을 내쉬더니 다시 입을 열었다.

"선두에 서 계시니 무리의 방향을 살짝 바꿔볼 수도 있지 않겠습니까?"

"말하지 않았나. 급급하다고 말일세. 자네의 말대로 하고 싶다고 해도 방향을 틀고자 주춤거리는 사이 무리에 밟혀 죽을 지경이네."

"아, 그 생각은 미처 못했군요."

"세상은 말일세, 자신이 만들었다고 해도 자신 뜻대로 움직일 수 있는 게 별로 없는 법이네."

관치는 상대의 말에 고개를 끄덕이더니 다시 말을 이었다.

"그러니까 어르신은 난리 통까지 바라지는 않는다, 이런 말씀이죠?"

"내 나이가 몇인지 아는가?"

관치는 고개를 들어 얼굴을 빤히 쳐다봤다.

"민망하군. 그렇게 뚫어지게 보면 쓰나."

"그러게 말입니다. 그런데 어르신 나이를 제가 어찌 알겠습니까. 평범한 사람이라면 새겨진 주름으로 짐작이라도 해 보겠지만……"

"백이십 살이 넘은 지 몇 해 되었네."

"우아, 정말 오래 묵으셨군요."

"껄껄껄, 자네는 사람을 즐겁게 하는 재주가 있어. 내가 십 년만 젊었어도 자네와 깊게 사귀어볼 텐데 말이야."

"종종 그런 말을 듣기는 합니다. 하지만 사내와 깊게 사귀는 데는 취미가 없어서 말입니다."

상대는 관치의 말에 피식 웃음을 보이더니 자신의 의자에 깊게 몸을 묻었다.

"앙심은 복수를 부른다 했던가?"

"당연지사입니다."

"자네 사문 탓에 가문이 무너져 제대로 앙심을 품기는 했는데 그 복수라는 게 참 오묘하더란 말일세."

"경청하겠습니다."

"갈 날이 얼마 남지 않으니 모든 게 부질없더란 말이지. 앙심이라 부를 만한 것도 애들에게 나눠주다 보니 별로 남아 있지도 않고."

"그 애들이라는 사람은 자신이 겪지도 않은 일에 앙심을 가졌으니 인생 참 불행하군요."

관치는 '왜 그러셨습니까?' 하는 눈빛으로 퉁명스런 어투를 보였다.

"그렇지, 애들 입장에선 그런 셈이지. 하지만 이제 와 부질없는 짓에 목숨을 걸 필요 없다며 엉뚱한 소리를 한다는 것은……."

"방법이 없겠습니까? 모두가 잘 사는 그런 기찬 방법 말입니다."

"그런 게 있으면 자네가 좀 알려 주게나. 혈기 왕성한 녀석들에게 괜한 소리를 했다간 오히려 일만 복잡해질 상황이네."

"어렵게 찾아왔는데 역시 쉽지 않군요."

관치는 입술을 삐죽거리며 무척이나 아쉬운 표정을 지었다.

제1장. 갑남을녀(甲男乙女)

갑남을녀(甲男乙女)

-갑이라는 남자와 을이라는 여자라는 뜻으로,

 이름이 알려지지 않은 평범한 사람을 비유하는 말

"잠깐!"

 잔뜩 기운을 끌어올리고 막 몸을 날리려던 두 사람은 버럭 소리를 지르며 사이에 끼어든 관치의 행동에 주춤주춤 몸을 멈춰 세웠다.

"크윽, 이 빌어먹을 놈아! 지금 뭐 하는 짓이냐!"

"크으······."

"깜빡한 부분이 있습니다."

 관치는 두 사람이 주화입마에 들건 기혈이 뒤틀리건 내 알 바 아니라는 듯 깜빡했다는 부분에 대해서 주절거렸다.

"그러니까 말입니다······."

"무슨 말을 하려는 것이냐!"

"진정 죽고 싶은 것이냐!"

조성은과 호태얼은 붉게 상기된 얼굴로 관치를 노려봤다. 잔뜩 힘을 끌어올리고 막 기운을 쏟아내려던 순간에 급하게 몸을 멈춰 세우자 일부 기운이 역류 현상을 보인 것이다.

"그런데 얼굴색들이……."

관치는 그저 깜빡한 부분이 있어 이야기하려고 했을 뿐인데, 얼굴색까지 변하며 정색할 필요는 없지 않느냐며 오히려 난감한 표정을 지었다.

"비켜 있게. 나중에 듣겠네!"

"비켜라!"

조성은과 호태얼은 '그렇게 화날 상황인가?' 하는 어리둥절한 표정으로 자신들을 바라보는 관치의 태도에 열화가 치솟아 버럭 소리를 질렀다. 아무리 생각이 없어도 그렇지, 살기 넘치는 급박한 상황에 대책도 없이 뛰어드는 짓은 도무지 용서가 되지 않았다.

스스로 몸을 지킬 무공이라도 있으면 모를까 박약한 능력을 지니고 초절정 고수들 사이에 끼어들다니. 둘 사이에 발생한 투기에만 노출돼도 당장 심장이 멈출 수 있는 사건이었다.

조성은과 호태얼은 관치가 심장마비로 죽었을 수도 있었다는 부분에 생각이 미치자 마치 약속이나 한 듯 미간이 좁아졌다.

'그러고 보니 왜 멀쩡한 거지?'

'어떻게 된 거야. 기절은 안 했다 쳐도 각혈 정도는 했어야 할 놈이.'

조성은과 호태얼은 눈빛을 통해 똑같은 생각을 하고 있음을 느끼자 자연스럽게 기운을 가라앉히며 한 걸음 물러섰다. 이야기꾼 관치가 그저 이야기나 하고 다니는 자가 아님을 깨달은 것이다.

"하하, 감사합니다. 두 분이 끝까지 싸우려 들면 어쩌나 싶었습니다."

관치는 사람 좋은 웃음을 보이며 안도의 한숨을 내쉬었다.

두 사람은 너스레를 떨며 하하거리는 관치를 보며 잠시 침묵을 지켰다.

'이 녀석 정체가 뭐지?'

조성은은 관치가 처음 보습을 드리냈을 때부터 지금까지 지켜봤던 사람이었다. 그가 느낀 관치는 말 그대로 누군가의 부탁을 받고 이야기나 하는 사람이 분명했다. 무림인이라 생각될 만한 그 어떤 낌새도 없었기에 이야기의 중심에 있다는 사실 외엔 딱히 의심을 해야 할 이유를 느끼지 못했다.

그러나 지금처럼 일류에 속하는 무인들까지 충격을 대비해 물러선 상황에 아무렇지도 않다는 듯 호태얼과 자신의 사이를 파고든 것에, 그동안 의심을 할 이유를 느끼지 못했던 자신의 판단이 완전히 어긋났음을 인정해야만 하는 상황이 돼버린 것이다.

호태얼은 놀란 표정으로 관치를 바라보는 조성은의 태도에 그동안 관치란 자의 행동이 그저 그런 이야기꾼으로 판단이 되었음을 파악했다.

아니, 그동안 이야기꾼으로 판단이 됐건, 아니면 다른 존재가 신분을 숨기고 있었건 자신에겐 중요치 않았다. 내심 긴장하며 상대해야 했던 화산파 전대 장문인과 자신의 투기 사이에 산책이라도 나온 듯 아무렇지도 않게 끼어들었다는 것이 핵심이었다.

'정체를 물어야 하나? 아니면 일단 지켜봐야 하나?'

호태얼은 조성은이 입을 다물자 자신 역시 먼저 입을 열기가 어중간해버렸다.

"일이 끝났다고 생각하다 보니 여러분에게 알려 드릴 내용이 남아 있다는 것을 망각해버렸지 뭡니까."

관치는 두 사람이 어떤 생각을 하고 있는지 전혀 모른다는 듯 여전히 자신의 말만 늘어놓았다.

"망각한 내용이 무엇인가?"

조성은은 일단 이야기를 듣고 난 다음에 관치의 정체를 알아보기로 했는지, 언제 역정을 냈느냐는 듯 뒷짐을 지고 그를 바라봤다.

"나도 알아야 하는 부분인가?"

조성은의 말에 호태얼 역시 질문을 던졌다. 객잔에 있던 사람들은 물론이고 밖으로 나와 두 사람의 대결을 지켜보던 일행도 호기심 가득한 얼굴로 관치를 바라봤다.

"하하, 그렇게 다들 바라보시니 왠지 쑥스럽습니다."

"어서 말해라!"

호태얼은 머리를 긁적이며 엉뚱한 소리를 늘어놓는 관치의 태도에 언성을 높였다.

"아, 네. 그러니까 말입니다, 정복문은 무당산으로 향하는 살아 있는 모든 것들을 공격할 수 없다. 그러나 개개인의 협의에 의한 대결은 공증인이 있는 경우 인정을 한다."

"그건 말하지 않아도 이미 알고 있는 것 아닌가."

조성은은 이미 그 부분까지 유추를 했고, 또 모두 의견을 나눈 부분인데 무슨 의미가 있느냐는 듯 관치를 바라봤다.

"물론입니다. 여기까지는 모두 알고 있는 부분입니다. 하지만 그 뒷부분이 좀 더 남아 있습니다."

"이야기해보게."

"네. 개개인의 협의에 의한 대결이라 할지라도 절대 상대의 목숨을 취할 수 없다. 그러나 목숨을 취하는 것 외의 모든 행위는 문제 삼지 않는다. 여기까지입니다."

"크크크, 그러니까 죽이지만 않으며 상대를 병신으로 만들든 말든 상관없다는 뜻인가?"

호태얼이 묘한 웃음을 보이며 관치의 말을 정리했다.

"그렇습니다. 정정당당한 대결이라면 그것이 일대일의 대결이라도 평정문은 정복문의 행위에 문제를 삼지 않을 것이며, 무당산에 오를 때까지 이 부분은 지킬 것이라 했습니다."

"무당산에 오를 때까지? 무당에 도착해선 서로 간에 협의를 구하거나 일대일의 대결이 아니어도 상관없고 상대의 목숨을 취해도 무관하다, 이 말인가?"

"역시 높은 자리에 있으신 분들은 이해력이 좋으시군요. 제 말이 바로 그 말입니다. 무당산 자락에 도착함과 동시에 동행이 아닌 외부 사람, 다시 말해 정복문의 사람이 나타나면 그렇게 전하라고 했습니다. 갑자기 많은 분들이 우르르 나타나는 바람에 정신이 팔려 깜빡했지 뭡니까."

관치는 자신이 할 이야기는 거기까지라며 헤헤거리더니 이제 싸워도 좋다는 듯 손을 내밀었다.

'저놈 진짜 정체가 뭐야? 절대 평범한 놈은 아닌 듯한데, 다시 살펴보면 정말 평범한 것도 같고……'

조성은은 고수들의 싸움에 아무렇지도 않게 끼어들더니 자신의 말만 던져 놓고 이젠 모르겠다는 듯 물러서는 관치의 행동에 갈피를 잡지 못했다. 능력을 숨긴 고수인지, 아니면 정말 아무것도 모름에도 운 좋게 피해를 보지 않은 것인지 쉽사리 판단이 서질 않은 것이다.

관치는 조성은과 호태얼이 싸울 생각은 하지 않고 자신을 멀뚱히 바라만 보자 고개를 갸웃거렸다.

"안 싸우십니까?"

"으응?"

"다시 대결을 시작하셔야죠. 판돈도 걸려 있는데 어영부영 끝나버리면 문제가 있을 것 같은데……."

관치는 당장이라도 상대를 잡아먹을 듯 흥분할 땐 언제고 동네 마실이라도 나온 것처럼 왜 멍한 표정을 짓고 있느냐며 어서 싸우길 요청했다.

조성은은 관치의 말과 태도에 한마디 쏘아주고 싶었지만 막상 뭔가 말을 하고자 해도 선뜻 입이 떨어지지 않았다.

그것은 맞은편에 서 있는 호태얼도 마찬가지였는데, 두 사람은 관치와 상대를 바라보다 마지못해 싸우는 사람들처럼 다시 자세를 잡았다.

그러나 잔뜩 흥분한 상태로 상대를 기필코 꺾어놓겠다던 감정이 한풀 꺾여 버리자 처음처럼 흥이 나지도, 승부에 대한 갈망이 생기지도 않았다.

'젠장, 정말 무안하구나.'

조성은은 어서 싸우라는 관치의 말에 자세를 잡긴 했지만 긴장감이 사라져 딱히 기운을 끌어올리는 것조차 귀찮게 느껴졌다.

'뭐야, 분위기가 왜 이렇게 되어버렸지?'

호태얼 역시 순 죽은 배추처럼 축 늘어지는 분위기에 공격을 해야 한다는 적극적인 마음이 죽어버렸다. 그러나 모두가 보는 앞에서 상대를 가만두지 않겠다고 발악을 해놓고 '기분상 오늘은 아닌 것 같군.' 이라고 물러서기도 참 민망한 입장이 되어버렸다.

'싸우긴 싸워야 하는데… 이것 참 난감하군.'

호태얼은 멀뚱한 표정으로 '영감이 먼저 힘 좀 내보시지?' 하는 눈빛을 날렸다. 그러나 이미 만사가 귀찮아진 조성은에게 그런 눈빛이 통할 리가 없었다.

"저기, 임 소저."

"네?"

임표표는 자신을 부르는 관치의 음성에 고개를 돌렸다.

"지금 두 사람이 기세 싸움을 하고 있는 건가요?"

"네?"

임표표는 뜬금없이 조성은과 호태얼이 기세 싸움 중이냐는 관치의 물음에 당혹스런 표정을 지었다.

"저야 워낙 아는 게 없다 보니… 뭔가 대결이 이뤄지고 있는가 궁금해서 말입니다."

"그게… 아직은 딱히 대결이라 부르긴 어려운 것 같군요."

임표표는 자신도 분위기가 왜 이렇게 변해버렸는지 모르겠다며 의아한 표정을 지었다.

"네? 그럼 아직 시작을 안 한 거라는 말입니까?"

"네, 아직은."

"이것 참, 싸우라고 멍석까지 깔아줬는데."

관치는 서로 간에 목숨을 빼앗지 않으면 무슨 짓을 해도 된다며 조건까지 알려 줬는데 멀뚱히 바라만 보고 있다고 하자 답답한 표정을 지었다.

조성은과 호태얼은 관치와 임표표의 대화에 발끈한 표정이 되었다. 한창 불타오르던 상황에 물을 끼얹어놓고 염장을 지른 것이다.

"아, 표정이 바뀌었습니다. 시작하나 봅니다!"

관치는 조성은과 호태얼의 표정이 화난 듯 바뀌자 상기된 얼굴로 두 사람을 바라봤다. 누가 이길지 정말 기대가 된다는 표정이었다.

'빌어먹을 자식! 은근히 열 받네. 이 대결이 끝나면 가만두지 않겠다.'

조성은과 호태얼은 동시에 같은 생각을 하더니 일단 눈앞의 적부터 치워버리기로 결심했다. 관치를 손봐주기 위해서라도 상황에 진전이 있어야 하는 입장이 된 것이다.

"호가 놈아! 선배인 내가 한 수 양보를 해주마. 어디 용을 써봐라."

"흥, 선수를 양보한 것을 후회하게 될 것이오!"

"후회를 할지 기뻐할지는 내가 알아서 할 것이니 어디 한번 움직여 봐라!"

"이익!"

호태얼은 자신을 핏덩이 취급하는 조성은의 태도에 금세 달아오르더니 당장 기운을 끌어올리기 시작했다. 관치 때문에 멀뚱히 상대를 바라봐야만 했던 두 사람 사이가 다시 처음으로 돌아간 것이다.

 상황을 곰곰이 지켜보고 있던 용문진은 금방 달아올랐다 식었다 하는 호태얼의 모습에 묘한 미소를 지었다.

 '언젠가는 그 화급한 성격 때문에 크게 화를 당할 것이다. 그나저나… 관치 저자는 뭐지?'

 조성은과 호태얼이 그랬던 것처럼 관치의 끼어들기가 어떤 결과를 만들어냈는지 파악한 용문진은 이야기꾼 관치가 단순히 이야기만 할 줄 아는 평범한 자가 아니란 생각이 든 것이다.

 그와 함께 동행을 했던 자들 중 나름대로 능력이 있는 사람들은 관치의 짤막한 행위가 확실히 분위기를 어색하게 만들었음을 느꼈다.

 각자 나름대로의 생각에 잠겨 잠시 헛눈을 파는 사이 조성은과 호태얼 사이에 기합성이 터져 나왔다. 드디어 호태얼이 움직인 것이다.

 "타앗!"

 강렬한 외침과 함께 호태얼의 신형이 폭풍처럼 앞으로 달려 나왔다.

 "오너라!"

조성은은 호태얼의 왼발이 발목을 노리고 낮게 날아들자 가볍게 몸을 띄우며 3자가량 물러섰다.

 호태얼은 당연히 그럴 줄 알았다는 듯 몸을 튕기더니 궁신탄영의 수법으로 순식간에 거리를 좁혔다. 궁신탄영은 본래 먼 거리를 순식간에 좁히며 공간을 가르는 수법이었다.

 그렇지 않아도 1장밖에 되지 않던 두 사람의 거리는 코가 닿을 정도로 맞붙었고 조성은의 입에선 헛바람이 흘러나왔다. 공수 전환이 이루어지리라 생각했던 조성은이었기에 몸통 박치기라도 날리듯 어깨를 들이미는 호태얼의 공격은 상당한 위력을 담고 있었다.

"어림없다!"

 조성은은 양손을 모아 호태얼의 어깨를 받아치더니 그 반동을 이용해 또다시 3장 이상 거리를 벌렸다.

'크윽!'

 외관상으론 아무렇지 않은 듯 행동한 조성은이었지만 호태얼의 어깨를 받아냈던 양손이 욱신거리자 가슴이 철렁 내려앉았다. 우습게 봤다가 낭패를 당할 뻔한 것이다.

'어깨에 경력을 실어?'

 조성은은 권장이 아닌 어깨에 경력을 실어 공격을 감행한 호태얼의 능력에 그를 경원시하던 마음을 고쳐먹었다. 어깨는 기운이 흐르고 이동하는 곳이라 내력을 담아내기 어려운 위치였기 때문이다. 권장이나 각법이 아닌 어깨에 기운을 실을 수 있다면 이미 기의 수발의 경지에 이르렀단 뜻이다.

"언제까지 도망만 다닐 것이냐!"

호태얼은 상대의 방심을 틈타 단번에 쓰러트릴 마음을 가지고 있다가 자신의 경력을 가볍게 받아내며 호통을 치는 조성은의 태도를 보며 은근히 불안한 마음이 생겨났다. 늙고 병든 닭처럼 단번에 목을 부러뜨릴 수 있다 판단했지만 막상 붙어보니 이름값을 단단히 하는 늙은이인 것이다.

"도망이라. 호가야, 벌써 잊었느냐? 선배로서 선공을 양보한다 하지 않았더냐."

"흥! 실력도 없는 주제에 양보 운운하는 것은 부끄러운 짓이다. 헛소리하지 말고 실력을 보여라!"

호태얼은 선공을 얻은 김에 기회를 잡겠다는 듯 다시 한 번 허리를 튕겼다. 또다시 궁신탄영을 사용한 것이다.

조성은 역시 똑같은 공격에 당할 생각은 없다는 듯 두 발을 좌우로 흔들어대더니 우측으로 몸을 날리며 도움닫기 자세를 취했다.

"늙은이가 개구리가 되었구나!"

"어디 개구리 맛 좀 보거라!"

조성은은 돌격밖에 모르는 사람처럼 앞으로 달려 나오는 호태얼을 향해 난화장을 펼쳤다. 두 손이 현란하게 움직이며 호태얼의 우측 옆구리에 조성은의 손바닥이 파리채처럼 날아들었다.

"늙으면 둔해진다더니. 나를 쉽게 보았구나!"

연속해 궁신탄영을 이용했지만 두 번째 움직임은 상대를 끌어들이는 허초였던 것이다.

금방이라도 부서질 듯 휘청거리던 호태얼의 옆구리가 기괴하게 꺾이더니 조성은의 5성 공력이 담긴 난화장을 가볍게 피해버렸다.

"어디 이번에도 피해봐라!"

호태얼은 자신의 옆구리 앞에서 헛방을 치고 있는 조성은의 팔목을 움켜쥐고는 밑으로 잡아당겨 탈골시키려 했다.

"늙은 생강이 왜 매운지 오늘 톡톡히 배워놔라!"

조성은은 남은 한 손으로 자신의 팔목 관절을 빼놓으려는 호태얼의 손아귀를 움켜쥐더니 손끝에 내력을 집중했다. 손을 찢어놓을 생각이었다.

"이익!"

평소엔 잘만 뽑히던 팔목 관절이 오늘따라 질기게 버티는가 싶더니 오히려 역습을 당해 손이 날아갈 상황이 되자, 호태얼이 몸을 앞으로 굽히며 또다시 박치기를 시도했다. 마음이 급했는지 이번엔 어깨가 아닌 머리를 내밀었다.

"오냐, 누가 센지 어디 한번 붙어보자!"

조성은 역시 이번엔 피할 생각이 없다는 듯 머리를 뒤로 젖히더니 호태얼의 공격에 똑같이 이마를 가져다 댔다. 호태얼의 두공(頭功)을 피하고자 손을 놓을 생각이 없었던 것이다. 충격이야 있겠지만 승기를 잡은 시점에서 피할 이유가 없었다. 두공은 거리와 시간차만 잘 이용하면 상대에겐 충격을 주고 자신은 별다른 피해 없이 방어를 할 수가 있었기 때문이다.

꿍!

"커억!"

"크윽!"

두 사람의 머리가 서로를 노리고 충돌을 일으킨 순간 골 부서지는 소리가 들리는가 싶더니 동시에 고약한 비명 소리가 터져 나왔다.

팔목을 잡고 탈골을 시키려던 호태얼이나 아귀를 잡고 호구를 찢어놓으려던 조성은은 동시에 금나수법을 풀며 2장씩 반대편으로 물러났다.

'빌어먹을, 무슨 머리가…… 아이구, 죽겠네!'

조성은은 얼마나 충격을 먹었는지 눈물까지 보이며 급히 머리를 쓰다듬었다.

"제기랄! 늙은이 뼈가 왜 이리 단단해!"

위기를 모면하고자 머리를 들이밀었던 호태얼 역시 상상치 못한 충격에 고개를 흔들어댔다.

내심 화려한 대결을 기대하고 있던 표국 사람들과 나머지 일행은 난투라도 벌이듯 박치기를 해대는 두 사람의 행동에 어이없는 표정을 지었다.

"정말 고수들 맞는 건가?"

표사 한 명이 허탈한 음성으로 입을 열자, 다른 사람들도 고개를 끄덕이며 그 말에 공감을 했다. 장풍이 날아다니고 검끝에서 빛무리가 터져 나오지 않을까 잔뜩 기대를 했기에 실망감은 이루 말할 수가 없었다.

"좀 조잡해 보이긴 하지만 확실히 빠르긴 하네. 안력을 높여 눈을 부릅뜨고 있기에 망정이지, 하마터면 머리 터지는 소리 말고는 뭐가 어떻게 된 건지 하나도 모를 뻔했어."

안력을 높이지 않았다면 어리둥절한 표정을 지을 뻔했다며 구시렁거리더니 '고수들 싸움도 거기서 거기군.' 하는 표정들을 지었다.

그러나 표사들과는 달리 용문진과 두 가문의 가주, 그리고 임표표와 정복문 형제들 중 대사형 위치에 있다는 봉태주만이 의미심장한 표정을 지어 보였다. 실력이 낮은 이들 눈에는 그저 그런 박투로 보였겠지만 기의 흐름을 읽을 수 있을 정도의 실력자들에겐 두 사람 사이에 요동치던 암경의 기파를 분명하게 느낀 것이다.

무림의 고수가 아닌 자들은 초고수들 손에서 뭔가 번쩍이는 빛 덩이들이 날아다닌다 생각하는 경우가 많았지만, 실제로 고수들 간에 오가는 격공장은 최대한 흔적을 감출수록 더 뛰어나다고 봐야 했다. 그것도 단순히 허공을 격한 채 기운을 날리는 정도가 아니라 몸 전체를 흉기처럼 사용하며,

간격만 생겨나면 암경을 쏟아내 상대의 혈맥을 갈기갈기 찢어놓는 공격은 어지간한 실력으론 어림도 없는 일이었다.

 하수들 눈엔 두 사람이 한두 번 치고받다가 박치기로 양패구상을 한 듯 보였지만 실상 치열한 암투가 수없이 오갔던 것이다.

 갈기갈기 찢어진 호태얼의 옆구리 옷이나 너덜거리는 조성은의 소매만 봐도 두어 번 오가는 손짓 속에 상대를 당장이라도 병신으로 만들어버릴 수 있는 암경이 무수히 쏟아져 나왔음을 알 수 있었다.

 호태얼과 조성은은 경계를 늦추지 못하고 경원시했던 마음을 완전히 버려야 했다.

 '내기의 조절로 팔목 근육을 팽창시켜 관절을 보호하다니……'

 '이놈 봐라. 어디서 무쇠 철포삼이라도 익힌 거 아냐? 호구가 왜 이렇게 질겨!'

 두 사람은 각각 상대의 무공이 어떤 형태로 발현되는지 알아내기 위해 눈을 번뜩거렸다.

 '검을 써야 하나……'

 조성은은 화산파 출신답게 권장보다 검에 능했고 그의 매화십삼검은 가히 일절이라 부를 정도로 무림에 명성이 높았다.

 '검을 쓸 생각인 모양이군. 그렇다면 나도 적수공권으로

상대를 할 수는 없지.'

호태얼은 조성은이 외발 노인에게 검을 넘겨받자 자신도 검을 뽑아들었다. 호가(虎家) 역시 정복문 내에서 검으로 일가를 이룬 곳이라 내심 반가운 기분까지 들었다.

"허리에 차고만 있어서 장식인 줄 알았더니 그것이 아니더냐?"

조성은은 호태얼의 검을 바라보며 먼저 입을 열었다.

"보아하니 늙은이는 남의 검을 빌려 쓰는 것 같은데. 화산파는 검 한 자루 살 돈도 없을 정도로 허덕이나 보지?"

"……"

조성은은 나이도 어린 놈이 입심이 만만치 않다며 혀를 찼다.

"요즘 어린것들은 왜 이리 말이 짧은지. 혹 혀가 짧아 그런 건 아닌지 직접 확인을 해봐야겠구나."

'검날이 가늘고 길다. 설마 살수들이나 사용하는 검법을 익힌 것인가?'

조성은은 호태얼의 검을 보고 어떤 형태의 검법을 익혔는지 파악하고자 머리를 굴렸다.

사마건의 검 역시 면이 좁고 가늘긴 했지만 호태얼의 검보단 더 검에 가까운 형태였다. 빠르기를 우선으로 하는 살수들의 특성상 저항력을 낮추기 위해 가볍고 날카롭게 검을 제작했기 때문이다.

그런데 호태얼의 검은 사마건의 검보다 더욱 얇고 뾰족하니 그를 살수검으로 오해할 만도 했다.

 실망스런 표정으로 대결을 지켜봤던 표국 사람들은 조성은과 호태얼이 검을 빼들자 다시 눈빛을 빛냈다. 이제 본격적으로 대결을 펼친다 생각한 것이다.

 첫 대결에서 선공을 내주었던 조성은이지만 이번엔 그럴 생각이 없는지 먼저 몸을 날렸다. 매화십삼검 첫 번째 초식이 허공을 휘저으며 세 조각 매화꽃을 만들어내더니 호태얼의 눈과 목, 그리고 가슴을 노렸다.

 "와! 진짜 매화꽃이 보인다!"

 사람들은 조성은의 검봉에 자색 아지랑이가 피어오르는가 싶더니 그것이 곧 형태를 갖춰 호태얼을 엄습하자 감탄사를 내뱉었다. 드디어 말로만 듣던 화산의 검기를 두 눈으로 확인한 것이다.

 "호태얼의 검을 봐!"

 표사 한 명이 손가락질까지 하며 목소릴 높이자 매화검기에 시선을 빼앗겼던 사람들이 급히 고개를 돌렸다.

 "뭐, 뭐지?"

 사람들은 호태얼의 검이 상하좌우 십자 모양으로 움직이는 순간 검의 잔상이 그대로 이어지면서 점차 형태를 갖춰가자 입이 쩍 벌어졌다.

 "거, 검막이다."

"저게?"

"그래, 이 사람아. 삼백육십 방위로 교차를 하면서 둥근 방패 모양이 되어가잖아."

표사의 말대로 호태얼이 펼친 무공은 수없이 교차하는 검선(劍線)으로 이뤄진 일종의 막이었다.

창! 창! 창!

정확히 세 번의 마찰음. 조성은이 날려 보냈던 세 송이 매화꽃이 호태얼의 검에 가로막혀 유엽도 흔들리는 소리를 냈다.

사람들은 이제야 고수들 대결 같다며 연방 감탄사를 뱉어냈지만 눈썰미 있는 진짜 고수들은 두 사람이 가볍게 몸을 풀고 있다고 생각했다. 힘의 정도는 다르겠지만 검기로 매화 송이를 만들어내는 등의 공격은 개화(開花)급 고수만 되어도 어느 정도 흉내를 낼 수 있었기 때문이다.

조성은이나 호태얼 같은 극강급 이상의 고수들에겐 식후 운동도 안 되는 가벼운 움직임인 것이다. 아마 검을 이용한 대결에서도 본격적으로 공방이 오가기 시작하면 박투를 보였을 때와 별반 다르지 않을 것이라 생각했다.

"어디 한 번 더 해볼까?"

조성은은 당연히 그 정도 공격은 막아내야 정상이라는 듯 다시 한 번 검을 흔들었다. 그러자 이번엔 매화꽃 열 송이가 화르륵 만개를 하더니 호태얼의 전신을 노리고 쏜살같이 날아들었다.

"구경꾼들을 위해서 잠시 눈요기를 보여 줬을 뿐이다."

호태얼 역시 아직 멀었다는 듯 검을 치켜세우더니 마치 송곳을 든 것처럼 날카롭게 찔러대기 시작했다.

몸을 옆으로 틀고 한 손은 반대편으로 살짝 들어올린 자세였는데 앞뒤로 이동하는 동작이 경쾌하기 이를 데 없었다.

차차챙! 하는 소리와 함께 순식간에 10여 수 동작이 이어지자 조성은이 쏴 보냈던 검기는 호태얼 근처에도 가보지 못하고 산산이 부서져 버렸다.

"중원의 검법이 아니로구나!"

조성은은 젊었을 때 우연히 전해 들었던 백면귀(서역인)들의 무공 중에 가늘고 낭창대며 검 받침이 동그랗게 된 검을 사용하는 무공이 있다는 것이 떠올랐다. 어차피 검이라는 부기가 베기보단 찌르는 데 더 적합한 무기라곤 하지만 백면귀가 사용하는 무공은 마치 검을 송곳처럼 사용한다 들었던 것이다.

"큭큭큭, 그저 나이만 먹은 줄 알았더니 어디서 주워들은 소리가 있는가 보구나!"

호태얼은 비릿한 미소를 짓더니 본격적으로 공격을 시작했다. 찌를 땐 거의 무음에 가깝고 검끝을 휘두를 땐 회초리 움직이는 소리를 내는 호태얼의 협검. 눈 깜짝할 새 30회가 넘는 공격이 조성은에게 가해졌다.

'허수가 없다! 모조리 살초라니!'

아무리 매서운 검법이라고 해도 상대를 교란하기 위한 최소한의 허초나 변초가 숨어 있기 마련이다. 그런데 호태얼의 검법은 날아오는 속도도 무시무시했지만, 낭창거리는 형태 덕분에 휘두르는 힘을 역으로 이용하면 검끝이 버드나무 흔들리듯 꺾이면서 요혈을 찍어온 것이다.

엄청난 속도로 움직이자 손목과 검 받침을 제외하곤 뿌연 안개처럼 흩어져 버린 호태얼의 검! 사람들 눈엔 마치 검이 사라져 버린 것처럼 보였다.

창창창! 채챙! 차창!

흡사 매의 눈이 사냥을 나선 것처럼 호태얼의 눈이 안광을 번득 일 때마다 조성은은 주춤주춤 뒷걸음치며 식은땀을 흘렸다. 그동안 겪어왔던 수많은 상대들, 그리고 기형검과 변칙을 주로 하는 검법들까지 그 어떤 상대도 지금처럼 조성은을 궁지에 몰아넣지는 못했다.

"엄청나군!"

남궁철 역시 검으로 일가를 이룬 사람이었기에 호태얼이 펼치는 처음 보는 무공에 반쯤 정신을 빼앗겨 버렸다.

깊지는 않지만 한 치 공간을 두고 찔러대는 호태얼의 검끝은 점차 조성은의 몸에 상처를 내기 시작했다. 치명적이진 않았지만 계속해서 피해를 입었다간 가랑비에 옷 젖듯 결국엔 피칠갑을 하고 널브러지고 말 것이다.

'빌어먹을, 어디서 이런 자식이 튀어나온 거냐!'

무공의 고하를 떠나 호태얼의 검법은 중원의 검과 상리를 달리했다. 살수의 매섭고 날카로운 공격이 전면에서 끊임없이 날아드는 형국!

'이대론 기회를 놓치고 만다.'

조성은은 초식과 기교로는 도저히 호태얼의 검을 따라갈 수 없다 생각이 들자 요혈을 노리는 매화심삽검을 버리고 마치 도처럼 압박을 가하는 중검(重劍)을 택하기로 했다. 초식보다 기세에 중점을 둔다면 앵앵거리는 파리처럼 사방을 헤집고 다니는 호태얼의 움직임을 어느 정도 늦출 수 있다 생각한 것이다.

"으아압!"

조성은의 입에서 우렁찬 기합성과 함께 막대한 압력이 터져 나오자 순간적으로 공간을 밀어냈다.

검을 날리던 호태얼은 안면이 흔들릴 정도로 엄청난 기세가 밀려들자 급히 몸을 움츠리며 호신공을 끌어올렸다.

파파파파, 펑!

땅거죽이 일부 뒤집어지면서 조성은과 호태얼 사이에 가죽 북 터지는 소리가 흘러나왔고 조성은은 그 틈을 타 급히 거리를 벌렸다.

쾌검은 검의 간극을 자신에게 두는 게 중요했지만, 중검은 그 이상의 거리를 장악하고 상대의 도발 자체를 막아버리는 게 중요했기에 당연한 순서였다.

'일단 시간을 벌자.'

"호가야, 어디서 그런 잡술을 배워왔는진 모르겠다만 이번엔 쉽지 않을 것이다."

조성은은 손에 들고 있던 검을 바닥에 꽂아버렸다.

"검을 포기한 것인가?"

"그럴 리가 있느냐. 화산은 중원 검법의 종주라 불리는 곳이다."

조성은은 사마건의 검을 내려놓는 대신 표사 한 명에게 청강검 한 자루를 부탁했다.

"후후, 검을 바꾼다고 상황이 바뀌진 않을 것이다."

검을 사용한 뒤론 확실히 승기를 잡게 되자 호태얼의 얼굴에 묘한 자신감이 드러났고, 그 자신감은 상대가 뭘 해도 상관없다는 식으로 흘러갔다.

"그래, 상관이 없는지 있는지는 겪어보면 알 것 아니냐."

청강검을 손에 넣은 조성은은 두 손으로 검을 움켜쥐더니 머리 위로 들어올렸다. 태산압정의 기수식을 취한 것이다.

"무림의 대선배라는 양반이 나처럼 이름 없는 까마득한 후배 하나 상대하면서 고생깨나 하는군."

"클클클, 갑남을녀(甲男乙女) 같은 놈에게 별소릴 다 듣는구나."

"오늘이 지나고 나면 갑남(甲男)이 아니라 존성대명이 될

분이시다."

 호태얼은 피식 웃음을 날리더니 자신의 검을 한 차례 쓰다듬고는 다시 앞으로 내밀었다.

 그리고 세 번째 격돌이 시작되었다.

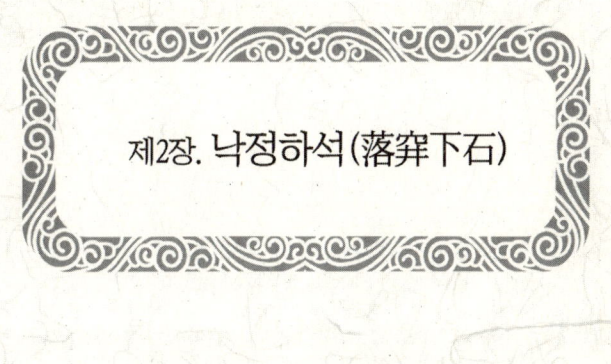

제2장. 낙정하석(落穽下石)

낙정하석(落穽下石)

-함정에 빠진 사람에게 돌을 떨어뜨린다는 뜻으로, 어려운 처지에 놓인 사람을 도와주기는커녕 도리어 괴롭힘을 비유적으로 이르는 말

조성은은 한 차례 호흡을 가다듬으며 가진 내공을 모조리 끌어올리기 시작했다.

웅웅웅.

평범한 청강검이 잘게 떨림을 일으키더니 검명을 울리며 장엄한 분위기를 만들어냈다.

조성은은 마치 석상이라도 된 듯 호태얼을 뚫어지게 바라보며 자세를 유지했다. 그에 호태얼은 뭐 하는 짓인지 모르겠다는 듯 콧방귀를 날렸다.

사제와 조성은의 대결을 지켜보고 있던 봉태주의 눈에 작은 변화가 생겨났다. 딱딱한 경극이라도 보는 듯 지루한 표정을 보이다가 이제야 제대로 된 대결을 보겠단 표정으로

바뀐 것이다.

'화산파 전대 장문인이라. 이번 무림행에 있어 살부에 이름이 오른 자군.'

정복문은 무림에 입성하기 전에 일차적으로 평정문과 관계있다 생각한 곳을 무너트린 다음, 이차적으로 차후 반(反)정복문 세력을 결성할 수도 있는 자들을 색출해 제거해버리는 방안을 가지고 있었다.

물론 일차 공격은 어느 정도 성공리에 진행이 되었지만 이차 공격은 실행도 하기 전에 멈춰버린 상태였다.

'관치란 자만 없었다면……'

처음 관치란 자와 충돌을 일으켰을 땐 그저 알려지지 않은 무림의 고수 정도로 생각했다. 그러나 시간이 지날수록 괴롭힘 수준에 도달하자 정복문 수뇌부는 짜증을 내기 시작했고, 대대적으로 천라지망을 펼치려는 순간 스스로 자신들을 찾아와 황당한 말을 늘어놓은 자가 바로 관치란 인간이었다.

'평정문의 당대 장문이라.'

그는 무림행에 있어 매번 걸림돌이 되었던 평정문이라는 이름을 그런 식으로 듣게 될 줄은 생각도 못했다. 분명히 평정문과 관계있는 장소는 괴멸을 시켰음에도 질기디질긴 인연처럼 여전히 자신들 앞에 모습을 드러낸 것이다.

'놈을 찾는 것은 어렵게 되었지만 무당에 오르면 만나게

되겠지.'

 봉태주는 두 사람의 대결에서 잠시 눈을 돌려 이들 일행과 함께 움직이고 있던 용문진을 바라봤다.

 '무슨 생각으로 이들과 함께 움직인 것이냐.'

 봉태주는 성미가 급하고 다혈질인 호태얼보다 언제나 생각이 많아 보이는 막내 사제 용문진이 매번 신경이 쓰였다.

 '문의 무림 입성이 마무리되면 무릎 꿇리거나 죽여야 할 놈.'

 봉태주는 가늘게 찢어진 눈으로 용문진을 응시하더니 다시 조성은과 호태얼의 대결로 시선을 돌렸다.

 '어차피 지존은 하나다!'

 호태얼은 돌부처처럼 우두커니 서서 자신을 바라보고 있는 조성은의 모습에 사납게 콧빙귀를 뀌었디.

 "더 빠르게 움직여도 부족할 판에 중검이라. 욕심이 과하군."

 호태얼은 자신의 빠름을 잡아놓고자 조성은이 중검을 선택하자 웃긴다며 히죽거렸다.

 "목숨만 빼앗지 않으면 된다고 했겠다?"

 호태얼은 살아 있는 게 더욱 비참하도록 만들어주겠다는 듯 앞으로 내민 검에 내력을 쏟아 붓기 시작했다.

 웅웅거리는 조성은의 청강검과 푸르스름한 기운이 흘러나

오는 호태얼의 검. 한 사람은 빠름을 잡기 위해 중검을 선택했고 다른 한 사람은 압력을 뚫고자 검기를 한데 모으는 것을 선택한 것이다.

'저놈이!'

조성은은 중검의 묘리를 정확히 꿰차고 파훼법까지 알고 있는 호태얼의 모습에 다시 한 번 식은땀이 흘러내렸다. 이미 기세를 몰아 태산압정을 펼친 상태라 다시 변화를 주기 어려운 상황.

'좋다, 어디 한번 뚫고 들어와 봐라. 검이 매섭다 한들 태산을 관통할쏘냐!'

호태얼은 검끝에 푸르스름한 기운이 점차 강렬해지자 한 걸음 앞으로 나섰다.

웅웅웅웅.

검명이 점점 커지면서 사방 5장을 무겁게 내리누르는 조성은의 중검이 호태얼의 앞발을 여지없이 찍어 눌렀다.

"으음……."

호태얼은 조성은의 중검이 의외로 막대한 압력을 행사하자 입을 굳게 다물었다. 전력을 다해야만 조성은이 펼쳐 놓은 검의 압력을 이겨 낼 수 있다는 생각이 든 것이다.

'세월의 힘인가. 내공 하나는 끝내주는구나!'

호태얼은 오랜 세월 기운을 쌓아온 조성은의 힘이 그대로 느껴지자 입술을 잘게 씹으며 더욱 집중력을 높였다.

고오오오.

 호태얼의 검끝이 조성은의 검력에 다가가자 대기가 한차례 울렁거리더니 기괴한 파성을 쏟아내기 시작했다.

 파지지직.

 짙푸른 검기가 맹렬하게 소용돌이치는 호태얼의 검이 조개 입을 벌리듯 점차 파고들기 시작했고, 두 사람의 거리를 느리지만 확실하게 좁혀 갔다.

 '앞으로 일 장. 그 안에 초식을 완성해야만 한다.'

 조성은은 태산압정의 검초가 호태얼의 검이 다다르기 전에 매듭지어져야만 승산이 있음을 알고 있었다. 호태얼의 검끝에서 날카롭게 회전하는 검기가 송곳이라도 된 양 점차 검력에 구멍을 내기 시작한 것이다.

 두 사람의 대결을 지켜보던 사람들은 자신들도 모르게 주먹을 움켜쥐고 마른침을 삼켜 댔다. 조성은과 호태얼이 이 한 번에 전력을 걸었다는 걸 느낀 것이다.

 호태얼이 한 걸음 다가설 때마다 조성은의 청강검이 한 치씩 밑으로 내려왔고 그럴 때마다 울렁거리는 대기는 관객들을 두서너 걸음 밀려나게 만들었다.

 영원히 계속될 것 같던 두 사람의 대치가 어느덧 1장 거리로 좁혀졌고, 조성은의 청강검이 내려쳐지기 직전 호태얼의 검이 먼저 움직였다.

 "부서져라!"

호태얼은 압력을 이겨 내는 동안 뽀드득 소리가 날 정도로 이를 갈아대더니 기어이 공격을 성사시켰다.

빠바바바박!

겹겹이 둘러싸인 조성은의 검력이 층층이 무너지자 박달나무 부러지는 소리가 연이어 터져 나왔다.

그리고 호태얼의 검끝이 조성은의 가슴에 닿으려는 순간!

"넘어져라!"

조성은 역시 태산압정의 초식이 완결되면서 미증유의 힘이 사방 10장을 찍어 눌러버렸다. 마치 태산이 통째로 떨어져 내리는 느낌!

"크억!"

"으윽!"

호태얼의 입에서 헛바람 빠지는 소리가 나는가 싶더니 검을 든 손이 급격하게 아래로 떨어졌고, 가슴을 찔림과 동시에 밑으로 떨어져 내린 검끝에 가슴이 길게 찢어진 조성은이 답답한 비명을 토해냈다.

꽈광!

호태얼의 검이 압력을 이기지 못하고 바닥을 내리찍자 검끝에 모여 있던 맹렬한 기의 소용돌이가 무지막지한 폭발을 일으키며 두 사람 사이를 갈기갈기 찢어버렸다.

"쿠엑!"

"컥!"

청강검에 서려 있던 태산압정의 기운과 호태얼의 검에 서려 있던 기의 결정체가 연이어 충돌하며 이차 폭발을 일으켰다.

 꽈꽈광!

 "우엑!"

 "쿨럭!"

 두 사람은 약속이나 한 듯 동시에 핏물을 토해내더니 각기 반대편으로 날아가버렸다.

 "쿨럭쿨럭."

 가까스로 바닥을 나뒹구는 흉한 모습을 면한 조성은이 거친 기침 소리를 내지르며 호태얼 쪽을 바라봤다.

 호태얼 역시 나뒹구는 모습을 보이진 않았지만 발목까지 땅을 파고들어 키가 한 자는 작아 보였다.

 "호가 놈아, 겨우 그 성노냐?"

 "흥! 늙은이가 죽기 전에 용을 쓰는구나."

 조성은과 호태얼은 서로를 잡아먹을 듯 노려보며 다시 자세를 가다듬었다.

 '빌어먹을, 이러다 오늘 밑천 다 드러내는 거 아냐.'

 조성은은 진탕된 기혈을 진정시키며 답답한 표정을 지었다. 확실하게 눌러버리지 못한다면 잘해야 양패구상, 재수 없으면 혼자 폐인이 될 수도 있었다. 아무리 많이 잡아줘도 아직 마흔을 넘지 않은 듯 보이는 호태얼의 실력이 상상을

불허한 것이다.

'문의 장로급과 맞먹는 무위라니. 이러다 문제라도 생기면……'

호태얼은 불편한 표정으로 용문진과 봉태주를 바라봤다.

'젠장! 괜한 짓을 벌이고 말았군.'

호태얼은 이기든 지든 남는 게 없는 장사란 생각이 들자 화급한 성질을 누르지 못하고 스스로 무덤을 판 자신의 성격에 저주를 퍼부었다.

'지금 이 상태론 양패구상 아니면 병신이다. 어떻게 하지? 신공을 써야 하나? 아니야, 아직은 아니야. 내 경지를 먼저 드러낼 필요는 없지. 봉 사형과 용 사제 앞이라면 더더욱 그럴 수 없지. 하지만 이대로는……'

호태얼은 조성은을 어떻게 해야 할지 판단이 서지 않자 혼란스러운 표정을 지었다. 두 사람 모두 이겨도 져도 부조건 손해 보는 대결이 되어버리자 선뜻 공격할 생각이 들지 않았다.

"왜들 저러지?"

"숨을 고르는 거겠지. 그나저나 엄청난걸. 지금도 심장이 쿵쾅거리네."

"제때 물러서지 않았다면 심장마비로 죽어버렸을 것 같아."

"당연한 소리. 아마 이번엔 전보다 심하면 심했지 약하진 않을 것 같으니 눈치껏 물러서라고. 재수 없이 날아드는 돌멩이에 박 터지지 말고."

"어쭈, 자네나 잘해."

표사들과 쟁자수들은 목숨이 왔다 갔다 하는 당사자들의 심경은 내 알 바 아니라는 듯 연방 누가 이길지, 이번엔 어떤 무공을 사용할지만 관심을 가졌다. 말 그대로 강 건너 불구경이 된 것이다.

세상에 불구경과 싸움 구경이 그렇게 즐겁다는데 평생 볼까 말까 한 무림의 고수들이 싸우는 장면을 보게 됐으니 신이 날 수밖에 없었다.

"호가야, 어서 와봐라."

"흥, 늙은이가 와보시지!"

"오호, 이제야 겁이 난 것이냐?"

조성은은 호태얼 역시 비슷한 처지에 처했음을 알게 되자 그나마 졸이던 가슴이 안정을 되찾았다. 최소한 죽기 살기로 덤빌 놈은 아니란 생각이 든 것이다.

오랜만에 무림에 나왔는데 며칠 되지도 않아 듣도 보도 못한 어린놈에게 낭패를 당하고 싶지는 않았다.

거기다 호태얼은 갑남이라고 해도 어색하지 않을 정도로 알려지지 않은 놈인데, 그런 놈에게 대화산파의 전대 장문인이 낭패를 당했단 소문이라도 퍼지는 날엔 얼굴을 들고 다니지 못할 것이 분명했다.

'사마건 저놈은 내가 관 속에 들어갈 때까지 오늘 일을 놀려 먹을 게 분명하고, 형님이 이 사실을 안다면……. 그건 안 되지. 이 나이 먹고 얻어맞을 순 없지!'

일흔에 가까운 나이에 빗자루 들고 마당이나 쓸고 있을 순 없다 생각이 들자 다시 한 번 불끈 힘이 솟아올랐다.

'보아하니 저놈은 아직 젊어서 삶에 애착이 더 강할 것이니 잘만 이야기하면…….'

조성은은 파국으로 치닫지 않고 이 대결을 끝낼 수 있는 방법이 없을까 고민을 했다.

'그래, 관치 저놈이라면 뭔가 용한 방법이 있지 않을까.'

사실 호태얼보다 더 갑남 같은 놈이 이야기꾼 관치였다. 그러나 분명히 자신을 감추고 내력을 숨기고 있는 게 분명한 관치라면 이 상황을 슬기롭게 풀어낼 수 있을지도 모른단 생각이 든 것이다.

조성은은 결심이 서자 곧바로 전음을 날렸다.

-이보게, 관치.

대결을 지켜보고 있던 관치는 갑작스레 전음이 날아들자 의아한 시선으로 조성은을 바라봤다.

-자네가 좀 도와야겠네.

관치는 난데없이 도와달라는 조성은의 말에 어리둥절한

표정을 지었다.

'젠장, 저 표정이 진짜 어리둥절이라면 낭패인데…….'

-아무래도 이렇게 가다간 둘 중 하나는 목숨을 잃을 수도 있네. 하지만 그래서는 안 되지 않은가.

조성은 이야기꾼 관치가 깜빡했다며 마지막에 늘어놓은 조건을 들먹이며 방법을 찾아야 한다고 은근히 압박을 했다.

-흠, 그렇군요. 규칙은 규칙이니.

관치는 무슨 이야긴 줄 알겠다며 조성은에게 전음을 날렸다.

'역시나 전음을 사용할 줄 아는군. 전음 공부는 최소한 파생(派生)이 되어 일류는 올라야 사용할 수 있는 공부니, 일단 마구잡이는 아니란 소리렷다.'

-하지만 걸린 돈이 있으니 승부는 내야 하지 않습니까.

-끙, 무승부도 승부라네.

조성은은 승부 운운하는 관치의 말에 입 끝이 파르르 떨렸다.

-이렇게 하면 어떨까요?

-어떻게 말인가?

-일단 어르신은 무림의 선배시니 후배에게 양보를 하는 겁니다.

-뭣이라!

조성은은 패배를 자인하라는 관치의 말에 당장 노한 음성을 날려 보냈다.
 -패배를 자인하라는 말이 아니라 자연스럽게 양보를 하자는 겁니다. 까마득한 후배라고 직접 말씀하시지 않았습니까. 후배가 이 정도 했으면 충분하지 싶습니다만…….
 '끙.'
 조성은은 자신이 잘 알아서 정리할 테니 그렇게 하자는 관치의 말에 결국 따를 수밖에 없었다. 핏덩이 같은 후배 놈에게 맞아 죽을 순 없지 않은가 말이다.
 -좋네, 자네 말대로 하지.
 -저도 좋습니다. 일단 의뢰비는 은자 열 냥으로 하겠습니다.
 -뭐, 뭐라고? 지금 이 상황에 돈을 받아 챙기겠단 말이냐!
 -목숨이 달린 일인데 은자 열 냥이면 아주 저렴하다고 생각이 듭니다만……. 물론 화산파 전대 고수의 목숨값이 겨우 은자 열 냥이냐고 따지시는 거라면 제값을 쳐드릴 수도 있습니다.
 -거기까지. 알았다, 은자 열 냥이다.
 -좋습니다. 그럼 지금부터 여유로운 표정을 보이십시오. 뒷짐을 지는 것도 나쁘지 않겠습니다.
 조성은은 찜찜한 표정으로 자신을 노려보고 있는 호태얼의 모습에 결국 손을 들어버렸다. 호시탐탐 기회를 엿보는 앞에서 계속 정신을 팔 수는 없는 일이었다.

　-호 선생님, 일단 체면을 지키는 수준에서 상황을 정리해 드리면 되는 것 아닙니까.
　-그, 그렇지.
　자신을 선생님이라 깍듯이 대하는 관치의 전음에 호태얼은 마음의 결정을 내렸다. 자신이 지는 것도 아니고 이기는 분위기로 이 바보 같은 대결을 끝내준다는데 더 이상 망설일 이유가 없었다.
　-좋습니다. 호 선생님의 의뢰, 접수하겠습니다. 의뢰비는 은자 삼백 냥입니다.
　-지금 네놈이 나에게 장사를 하겠다는 것이냐!
　호태얼 역시 관치에게서 은자 이야기가 날아들자 발끈한 목소리가 되었다.
　-어어, 영감님, 다시 할 생각인가 봅니다.
　호태얼은 느긋한 표정으로 미소를 지으며 자신을 바라보는 조성은의 모습에 식은땀이 흘러내렸다.
　'아예 뒷짐까지 진단 말이지. 빌어먹을.'
　마음 같아선 죽기 살기로 끝장을 보고도 싶었지만 아직 여유가 남아 있는 늙은이를 상대로 밑천을 까 보일 수는 없는 일이었다.
　-좋다, 은자 삼백 냥. 되었느냐!

-그럼 의뢰를 수행하겠습니다.

조성은 관치의 말대로 여유로운 표정에 뒷짐까지 지었다가 호태얼의 얼굴이 확 달아오르자 '젠장, 저놈 달려드는 거 아냐?' 하는 불안감이 엄습했다.

-관치, 뭐 하는 건가? 어서 마무리를 짓게.
-알겠습니다. 의뢰를 수행합니다.

서로 경계를 할 뿐 이렇다 할 움직임을 보이지 않자 관치가 앞으로 걸어 나왔다.

"두 분 잠시 제 말을 들어주시겠습니까?"

"들어가거라. 목숨을 잃을 수도 있다."

조성은은 걱정스런 표정으로 관치를 바라봤다.

관치는 조성은에게 포권을 해 보이며 고개를 숙이더니 다시 말을 이있다.

"바로 그 점 때문에 제가 나선 것입니다. 무당에 오르기 전에 양측이 지켜야 할 규칙을 알려 드리지 않았습니까."

"무슨 말을 하려는 것이냐?"

"서로 간의 협의가 있다면 어떤 짓을 해도 상관없지만 절대 목숨을 취할 수는 없다는 조항 말입니다. 제가 보는 눈이 없어서 지레 나선 건지도 모르지만, 잠시만 기다려 주십시오. 임 소저, 그리고 두 분 가주님, 잠시 도와주시겠습니까?"

임표표와 두 가주는 난데없이 대결에 끼어드는 관치의 태도에 짜증난 얼굴을 하고 있다가 도움을 청하는 말에 앞으로 걸어 나왔다.

"그나마 우리 일행에서는 세 분이 가장 정확한 눈을 가지고 있다고 생각합니다."

"험험, 아무래도 그렇지."

"그래서 말입니다, 지금 초 영감님과 저쪽에 계신 분의 대결에 대해서 묻고 싶은 게 있습니다."

"그래, 궁금한 것이 무엇인가?"

"지금 이 대결, 더 진행되면 누군가 죽을 수 있지 않을까요?"

"음……."

세 사람은 관치의 질문에 선뜻 답을 하지 못하고 대결을 하고 있는 당사자들을 바라봤다. 관치의 말처럼 이 이상 대결이 진행되면 분명히 누군가 크게 다치는 사람이 나올 수 있는 상황이지만 그렇다고 꼭 누가 죽는단 법은 없었다.

'대결을 보고 싶은데…….'

세 사람은 조성은과 호태얼의 무공이 어느 정도 수준인지 바닥까지 까뒤집고 싶었다.

"말씀해주시죠."

"딱히 누군가 목숨을 잃는다 보기엔……."

"아, 그럼 절대 목숨을 잃을 일이 없다는 의견이시죠?"

"그게……."

"좋습니다. 규칙은 공증인의 입회하에 진행이 되어야만 한다고 했고, 또 현재 이곳에서 공증을 설 만큼 명망 있으신 분들은 이 세 분입니다. 여러분들도 모두 인정하실 겁니다."

관치의 말에 사람들의 고개가 자연스럽게 끄덕였다.

"그렇다면 다시 대결을 시작하죠. 목숨을 잃을 일 없다고 하셨으니 만에 하나 문제가 생겨도 책임은 공증을 서신 분들이 지면 되니 말입니다."

임표표는 당연히 그렇게 하겠다는 듯 고개를 끄덕였지만 남궁철과 제갈선은 그럴 수 없다는 듯 고개를 저어버렸다.

"무슨 뜻이신지?"

자신의 자리로 돌아가려던 관치는 남궁철과 제갈선의 반응에 의아한 표정을 지었다.

"사람 목숨이 걸린 일이네. 특히나 조 어르신처럼 경지에 오르신 분의 공부(功夫)는 가늠하기가 어려운 점이 있지."

"그러니까 말씀은……."

"확증할 수 없다는 뜻이네."

"그렇습니까?"

관치는 그래선 안 된다는 듯 다시 대결이 펼쳐지는 곳으로 돌아오더니 조성은과 호태얼을 바라봤다.

"이 대결, 여기서 끝내셔야 할 것 같습니다."

낙정하석(落穽下石) • 71

―호 선생님, 그럴 수 없다 하십시오.

"그게 무슨 소리냐!"

호태얼은 관치의 전음에 절대 그럴 수 없다는 듯 언성을 높였다.

―영감님, 찝찝한 표정을 지으십시오.

조성은은 호태얼의 발언에 못마땅한 표정을 지으며 한 차례 노려봤다.

"음, 초 영감님."

"말하게."

"양자간의 합의가 이뤄져야 대결이 펼쳐지는 규칙을 알고 계시죠?"

"물론이네."

"선배이신 영감님이 양보하시는 게 어떻겠습니까?"

"그게 무슨 말인가?"

"물론 끝까지 대결을 펼친다면 오랜 세월 연륜을 쌓아온 영감님이 유리한 상황이 될 것입니다. 하지만 저분의 나이와 입장을 생각한다면 이 승부는 영감님이 양보를 하시는 것이 맞다고 생각합니다."

"……."

관치는 조성은이 입을 다물자 충분히 이해한다는 표정을 지으며 다시 입을 열었다.

"영감님이 호태얼이라는 분의 나이에 저 정도 공부를 완성하셨다면 모를까, 솔직히 후배의 실력이 대단하지 않습니까?"

"음, 그건 그러네만……."

"목숨을 내놓고 생사결을 벌인다면 모를까, 실력의 고하를 논하는 대결이라면 이쯤에서 멈추는 것도 옳다고 봅니다. 호태얼 님은 어떻게 생각하십니까?"

"나는……."

호태얼은 난데없이 질문을 던지는 관치의 행동에 잠시 말문이 막혔다.

-이쯤에서 저 영감님의 실력에 탄복했다고 한 말씀 던져 주십시오.

호태얼은 내키지 않았지만 대결에 종지부를 찍는 게 우선이었기에 별수 없이 포권을 취했다.

"혈기를 누르시 못해 무림의 선배에게 실례를 범했습니다. 화산의 검은 결코 가볍지 않은 것 같습니다."

-영감님, 마무리 지으시죠.

-끙.

"아니네, 나야말로 자네의 공부에 놀라움을 금치 못했네. 관치 저 사람의 말대로 내가 자네의 나이 땐 그 정도 공부를 완성하지 못했지."

관치는 두 사람 모두 한발씩 양보를 표하자 때가 되었다는 듯 다시 입을 열었다.

"그래서 말입니다, 오늘 대결은 호태얼 님이 승리한 것으로 하면 어떨까 싶습니다. 이름 높은 무림의 선배와 이 정도로 실력을 겨뤘다는 것만으로 충분히 그 자격이 있다고 생각이 됩니다만, 여러분들의 생각은 어떠십니까? 오늘 좋은 대결을 본 것만으로도 충분히 행복하지 않습니까?"

사람들은 관치의 말에 고개를 끄덕이며 확실히 타당성 있다는 표정을 지었다. 그리고 이 이상 대결을 진행하는 것은 관치의 말대로 위험이 따를 수도 있었다. 당사자간이 인정을 하고 물러난다는데 외인이 싸워라, 죽여라 소리를 지를 수도 없는 일 아닌가. 아니, 이 상황에 그런 말을 했다간 저 무시무시한 두 고수에게 눈총을 받을 수도 있는 일이었다.

"관치 자네의 말이 맞네."

"그래, 우리 같은 사람들이 언제 이런 구경을 해보겠는가."

사람들이 관치의 말에 맞장구를 치고 나오자 살벌했던 분위기가 어느 정도 안정이 되어갔다.

관치는 양측으로 나뉘어 어정쩡한 태도를 취하고 있는 표국과 정복문 사람들을 보며 별수 없다는 듯 다시 한마디 던졌다.

"정복문분들은 어떻게 하시겠습니까? 이대로 돌아가시려는지……."

관치의 질문에 표국 사람들과 일행은 '뭐 하러 그런 걸 물어봐!' 하는 눈빛이 되었다.

"어차피 무당 초입인데 급할 건 없지. 밤새 괘씸한 자 하나 때문에 인근 산속을 뒤지고 다녔더니 피곤하기도 하고. 사제는 어떤가?"

정복문 대사형 봉태주는 호태얼을 보며 어떻게 할 건지 질문을 던졌다.

"저도 갑자기 힘을 썼더니 좀 피곤하기는 합니다. 잠시 쉬어가는 것도 나쁘지 않을 것 같습니다."

"나도 사제와 같네. 어차피 저쪽에 셋째 사제가 이미 함께하고 있으니……."

봉태주는 동석을 해도 문제가 없지 않느냐는 듯 관치를 바라봤다. 은연중 관치가 이 무리를 이끌고 있음을 파악한 것이었다.

관치는 자신을 바라보는 봉태주의 시선에 '왜 나를 보십니까?' 하는 표정을 짓더니 표두 진하석에게 눈길을 돌렸다.

'저자가 지금 누굴 바라보는 거야!'

진하석은 밤새 찾아다녔다는 괘씸한 자가 누구인지 대충 눈치를 챈 상태였다. 분명히 이야기꾼들을 풀어놓은 진짜 관치를 말하는 것이리라.

적이 분명한 자들과 동석을 하는 것은 아무래도 꺼려지는 일이었다. 진하석이 대답을 해야 하나 말아야 하나 잠시 망설이는 사이 허락은 엉뚱한 곳에서 터져 나왔다.

낙정하석(落穽下石) • 75

"그렇게 하세요. 어차피 오라버니가 만들어놓은 규칙을 준수하시는 것 같은데 어려울 게 있나요."

관치에게 이야기를 이어받아 뒷부분을 풀어가고 있던 소주아가 입을 연 것이다.

"오라버니라면……."

봉태주는 면사로 얼굴을 가리고 비파를 든 여인의 대답에 설마 하는 표정을 지었다.

"네, 밤새 산속을 헤매게 만든 괘씸한 자가 바로 제 오라버니 소관치입니다."

"그랬구려. 소관치 그의 동생분이라면 동석을 허락할 힘이 충분하지. 그렇지 않습니까, 여러분?"

봉태주는 사건 당사자의 동생이 아무렇지도 않다는데 문제가 되냐며 좌중을 바라봤다.

"험험, 그렇게 하시지요."

진하석은 별수 없다는 듯 마지못해 대답을 하더니 임표표와 두 가주가 있는 곳에 자리를 잡았다. 아무리 관치의 규칙을 준하고 있다곤 하지만 언제 돌변할지 모르는 자들이니 가장 안전하다 싶은 곳에 자리를 잡은 것이다.

아침부터 사람이 꽉 차버린 객잔이었지만 점소이들은 선뜻 주문을 받지 못하고 눈치만 봤다.

본래 손님의 성향이나 신분을 파악하는 데 탁월한 능력을 지닌 자들이 점소이였다. 방금 대결이 없었다 해도 위험한 기운을 팍팍 풍기는 인간들이 우르르 몰려들었으니 점소이는 물론이고 객잔 주인까지 좌불안석이 될 수밖에 없었다.

"자, 일단 내깃돈이나 정리합시다."

관치는 대충 자리가 안정되자 곧바로 연준하에게 다가갔다.

"목록 좀 봅시다."

관치는 연준하 손에 들려 있던 종이를 뺏어들더니 돈을 건 액수와 사람들의 이름을 주르륵 읽어 내렸다.

"표국 쪽 일행은 모두 초 영감님에게 걸었고, 정복문 쪽은 모두 호 선생에게 걸었군. 그렇다면 이쪽에 있는 돈은 모두 이쪽으로 옮기면 되고. 어디 보자, 모두 삼백 냥 정도 되는군. 삼 할은 관리 비용이니 여기."

관치는 은자 30냥을 연준하 손에 올려놓더니 나머지는 자신이 보소리 챙겨 버렸나.

"뭐 하는 것이냐!"

돈을 잃은 쪽은 어차피 남는 게 없으니 조용히 구경만 하고 있었지만, 정복문 쪽 사람들은 배당금을 모조리 챙겨 가는 관치의 태도에 당장 제동을 걸었다.

"방금 거기 계시는 호 선생께서 궁금한 게 있다며 물어본 것이 있습니다."

정복문 사람들은 호태얼이 질문을 했다는 말에 '언제?' 하는 표정을 지었다.

"아, 전음으로 물어보신 사항이니 내용은 밝힐 수 없습니다. 그리고 답변에 대한 대가로 배당금을 사용하신다 했으니……."

관치는 정복문 사람들에게 억울하면 호태얼에게 따지라는 듯 고개를 돌려 버렸다.

"호 선생님, 제 몫의 배당금을 제외하고 백 냥 정도가 부족합니다다만……."

관치는 답변 비용이 부족하다며 호태얼을 바라봤다.

호태얼은 이런 식으로 의뢰 비용을 챙겨 갈 거라 생각지 못했기에 잠시 당황한 눈빛을 보였지만, 별수 없다는 듯 1백 냥짜리 전표를 관치에게 넘겨주었다.

사람들은 도대체 무슨 질문을 했기에 은자 3백 냥이나 되는 거금을 들였는지 모르겠다며 호기심 가득한 표정을 지었다.

오히려 표국 쪽 사람들보다 정복문 쪽 사람들의 궁금증이 더 높았는데, 특히 용문진과 봉태주는 경쟁하는 입장에 있었기에 더 민감한 반응을 보였다.

"무슨 질문을 했기에 삼백 냥이나 되는 큰돈을 지불한 것이냐?"

봉태주는 관치에게 넘어간 액수가 상당하자 궁금증을 참지 못하고 결국 질문을 던졌다.

"그게… 말씀드릴 수 없습니다."

'빌어먹을, 목숨 걸기 싫으니 대결을 끝내달라고 했다는 말을 어떻게 하냐고!'

호태얼은 속으로 분통이 터졌지만 내색을 할 수가 없었다.

"표두님."

"……?"

"초 영감님이 진 표두님에게 은자 열 냥을 받으라고 하시는데……."

"그게 무슨 소리요?"

진하석은 난데없이 자신에게 은자를 내놓으라는 관치의 말에 황당한 표정을 지었다.

"이번 표행에 쟁자수 급여를 저에게 주기로 하셨습니다."

"그게 무슨?"

진하석은 관치가 무슨 말을 하는 거냐며 조성은을 바라봤다.

"험험, 나도 궁금한 게 있어서 하나 물어봤네. 어차피 나에게 줄 돈 아닌가. 일단 선불 처리 좀 해주게."

조성은은 뜨악한 심정이 되었지만 그 역시 말 못할 사정 때문에 고개를 끄덕이는 수밖에 없었다.

진하석의 손에서 은자 10냥이 관치 쪽으로 넘어가자 사람들은 자신들이 모르는 사이 문답이 오갔다는 사실에 의구심 가득한 표정이 되었다. 질문 자체를 밝힐 수 없으니 전음으로 물었을 것이고, 대결 전 관치가 가격을 매기던 방식을 생각한다면 은자 10냥과 3백 냥에 이르는 정보가 오갔다는 소리가 되는 것이다.

'도대체 무슨 정보가 오간 것이냐.'

처음 관치가 정보를 팔 땐 모두가 알고 있는 사실을 가지고 순식간에 몇백 냥을 해 처먹더니, 이젠 무슨 정보를 가지고 거래를 했는지조차 알 수 없게 되자 다들 눈알만 굴리는 상황이 되었다.

"당신의 이름도 관치인가?"

봉태주는 예리한 눈빛으로 관치를 한 차례 바라보더니 말을 건넸다.

"그렇습니다. 정복문의 대사형이라면 봉가의 가주시겠군요."

"이야기꾼치고 많은 걸 알고 있나 보군."

"그럴 리가요. 저와 같은 일을 하고 있는 동료들도 제가 아는 만큼은 다들 알고 있습니다. 단지 제가 상황을 판단하고 숨겨진 내용을 유추하는 데 동료들보다 조금 뛰어날 뿐입니다."

"흠."

봉태주는 이야기꾼이라면 모두가 알고 있는 사실을 이야기하는 것뿐이라는 관치의 말에 작게 고개를 끄덕였다. 현재 돌아가는 상황을 본다면 충분히 있을 법한 일인 것이다.

"분위길 보니 정보를 사고파는 것 같은데……."

"사지는 않습니다. 단지 알고 있는 사실을 팔 뿐입니다."
"좋아. 나도 궁금한 게 하나 있는데."
"정확한 정보로 모시겠습니다."
관치는 얼마든지 물어보라는 듯 허리까지 굽혀 보였다.

제3장. 거두절미(去頭截尾)

거두절미(去頭截尾)

-요점만 남기고 앞뒤의 말은 빼버린다는 뜻

 용문진은 대사형까지 정보를 사겠단 말에 미간이 좁아졌다. 뭐가 궁금한지는 모르겠지만 사형제 중 가장 생각이 깊고 모사에 가까운 사람이 대사형이였기에 질문이 만만치 않겠단 생각이 든 것이다.
 "나는 이곳에 있는 이야기꾼을 제외하고 모두 만나본 상태다."
 "아, 그러셨군요."
 관치는 대단히 부지런히도 돌아다녔다는 듯 고개를 끄덕였다.
 "그런데 어떤 이야기꾼도 그 일행을 이끌고 있지는 않았지."

"그렇습니까?"

"그런데 이곳은 다른 곳과 분위기가 좀 달라 보이는군."

봉태주는 남궁철과 제갈선, 그리고 호태얼과 대결을 벌였던 조성은은 물론이고 소주아와 함께 앉아 있는 외발 노인까지 차례로 바라보더니 다시 관치에게 시선을 고정했다.

"잠시 살펴보니 이곳엔 일행을 이끌 만큼 수완이 있는 자들이 최소한 넷은 되는 것 같군."

"그렇군요."

관치는 전혀 몰랐다는 듯 봉태주를 마주 봤다.

"그런데 그 네 사람이 나서질 못하고 있어."

"그런가요?"

"겨우 이야기꾼 한 사람에게 묶여서 말이야."

"설마요."

관치는 당치도 않다는 듯 고개를 저어버렸다.

"아무래도 늦게 오셔서 분위기를 파악하는 데 어려움이 있으시나 봅니다. 저기 사제분은 이제껏 함께 있었으니 한번 물어보십시오. 과연 그러한지 말입니다."

관치는 늦게 나타난 주제에 뭘 그리 잘난 척이냐는 듯 용문진에게 칼자루를 넘겨주었다. 사형제끼리 알아서 해보라는 뜻이다.

"사제, 내 판단이 잘못된 것인가?"

용문진은 봉태주의 질문에 선뜻 대답을 하지 못하고 주춤거렸다. 아침녘 객잔에서 일어난 사건을 본다면 충분히 그렇게 생각할 수도 있지만 밤새 함께 이야기를 나누는 과정에선 딱히 그런 행동을 보인 적이 없었기 때문이다.

"아니라고 대답하지 않는 걸 보니 일부 가능성은 있다는 말이군."

봉태주는 용문진이 고민하는 표정을 짓자 그 정도면 충분하다는 듯 다시 관치에게 시선을 고정했다.

"만약에 말이지, 내가 저기 있는 표사를 일행의 대표로 지목했다면 사제는 나를 실컷 비웃었을 것이다. 셋째 사제는 충분히 그러고도 남는 인간이란 말이지."

용문진은 은연중 자신을 깔고 뭉개는 봉태주의 말에 입술이 비틀렸다.

"나의 실수나 불행에 박수를 치고 춤을 춰대는 사제가 고민스런 표정을 짓다니. 충분히 의심스럽니 할 수 있는 일이지."

"그러신데요?"

관치는 그렇게 생각을 하든 말든 내 알 바 아니라는 듯 꾸역꾸역 대답을 해댔다.

"후후후, 거기다 대범하기까지 해. 이야기꾼이라면 다른 이들보다 아는 게 많다면 분명히 정복문이 어떤 곳인지, 또 내가 어떤 사람인지도 잘 알고 있을 것인데 아무렇지도 않게 행동할 수 있다는 것은 모두 두 가지 이유를 들 수 있지."

"이유가 두 개씩이나 있습니까?"

"물론. 첫째, 이곳의 이야기꾼은 다른 곳의 이야기꾼보다 아는 게 아주 많다는 것이고."

"그럴 수도 있겠군요."

관치는 봉태주의 말에 순순히 고개를 끄덕였다.

"둘째, 이곳의 이야기꾼이 이야기의 당사자일 가능성이 아주 높다는 거지."

"아, 그런 것이었습니까?"

관치는 별것도 아닌 걸 가지고 대단한 척한다는 듯 아무 의자에나 대충 걸터앉았다. 자신만만한 얼굴로 말을 하고 있던 봉태주의 얼굴에 미세한 균열이 일어났다.

"그러니까 봉 선생님 말씀을 요약해보자면 내가 소관치 자신이기 때문에 다른 곳의 이야기꾼과는 비교가 되지 않을 정도로 많은 정보를 가지고 있고, 또 그렇기 때문에 이미 방자하게 굴 수 있다 이런 말씀이죠?"

"아닌가?"

"그렇게 생각한다면 이번 무당회전의 규약대로 선포를 하시면 될 것 아닙니까?"

사람들은 관치의 입에서 규약대로 선포를 하면 될 것 아니냔 말이 흘러나오자 '이건 또 무슨 소리냐?' 하는 표정이 되었다.

"물론 그럴 수도 있겠지. 하지만 관치 그자, 머리 쓰는 게 보통이 아니란 걸 깨달은 통에 쉽사리 모험을 하기도 쉽지 않은 상황이지."

"용기가 없다면 그러다 끝이 나겠죠. 제가 걱정할 부분은 아닌 것 같습니다."

관치는 피식 웃음을 흘리며 봉태주를 바라봤다.

사람들은 헤헤거리던 이야기꾼 관치가 마치 웅담이라도 삼킨 인간처럼 건방을 떨자 놀라움과 황당한 눈빛이 수시로 교차했다. 아무리 무당산에 도착할 때까지 공격을 할 수 없다는 조건이 붙어 있다고 해도(왜 이런 조건이 붙었는지는 여전히 모르지만) 무당에 도착함과 동시에 그 규칙은 있으나 마나 한 것이 될 것이다. 저런 식으로 무시무시한 인간의 화를 돋워봤자 득보다 실이 많은 것이다.

"이보게, 관치, 자네 갑자기 왜 그러나……."

표사들은 걱정스럽단 표정으로 관치를 바라봤다.

"정복문의 대사형이자 봉가의 가주인 봉태주 선생의 말씀이 맞습니다."

"뭐?"

"그럼 자네가 정말 관치……."

"아, 너무 앞서 가지는 마십시오. 아는 게 많다는 첫 번째 이유 말입니다."

"……."

"아는 게 많다는 말은, 어떻게 행동을 해야 유리하게 상황을 이끌 수 있는지도 알고 있다는 말과 상통하지 않겠습니까?"

"그거야 그렇기도 하지만… 안다고 그게 다 힘이 되는 건 아니지 않은가?"

"벌써 잊으셨습니까? 제가 다른 이야기꾼 동료들보다 머리가 조금 잘 돌아간다고 했던 것 말입니다."

"……"

 관치가 해코지를 당할까 걱정스러운 표정을 지었던 표사들은 걱정하지 말라며 가슴을 탕탕 내려치는 그의 모습에 멍한 표정을 지어야 했다.

"봉 선생님, 하실 말씀이 그것뿐이라면 전 다른 분에게 장사를 시작해야겠습니다."

"크크큭, 재미있군. 정말 재밌어. 소관치 네가 원하는 상황이 어떤 건지 감을 잡고는 있었지만 내가 말려들 줄은 생각도 못했다."

"봉 선생님, 조건부 발설에 합당한 발언을 하셨는데."

"조건부 발설에 합당한 발언?"

"그렇습니다."

 봉태주는 일이 아주 재미있게 흘러간다는 듯 웃음을 터트리다 관치의 갑작스런 말에 눈빛이 사나워졌다.

"설마 소관치 그자가 내가 이런 말을 할 것이라 미리 언질을 주었단 말이냐?"

"언질을 주었다기보다 조건에 합당한 상황에 발생했기에 저도 책임을 다할 뿐입니다."

사람들은 관치의 말에 황당함을 넘어 경악에 가까운 수준이 되었다. 도대체 얼마나 많은 경우의 수를 만들어두었단 말인가.

봉태주는 스스로 정복문의 지낭이라 자신하고 있었기에 관치의 대답은 그의 자존심을 인정사정없이 긁어놓고 말았다.

"덧붙여 전언이 하나 있는데 들어보시겠습니까?"

"말해라."

"자존심이 상했다면 조건부 합당에 참여하지 않으셔도 된다고 하더군요."

"……"

봉태주는 계속되는 관치의 말에 주먹을 불끈 쥐었다. 눈앞에 관치가 있다면 당장에 쳐 죽일 분위기였다.

그러나 분노도 잠시뿐, 그는 움켜쥐었던 주먹을 풀더니 다시 관치에게 시선을 고정했다.

"결국 여기 있는 관치가 진짜 관치일 가능성이 더 높아졌군."

"사형, 그게 무슨 뜻입니까?"

호태얼은 이해가 가지 않는다는 듯 대사형을 바라봤다.

"아무리 머리가 좋고 대단한 계획을 세웠다 해도 인간이

하는 일은 문제가 생기기 마련이다. 그런데 거의 모든 가짓수를 준비해 대응을 한다고? 웃기는 소리지."

"그 말씀은……."

봉태주는 비릿한 미소를 지으며 관치를 노려보더니 손가락으로 정확히 죽산에 자리 잡은 이야기꾼을 가리켰다.

"네놈이 소관치 본인일 가능성이 구 할이라는 뜻이다. 당사자라면 얼마든지 말을 바꿀 수 있고, 또 그랬던 것처럼 조건을 맞출 수도 있기 때문이다."

봉태주는 범인은 바로 너라는 듯 단호한 음성으로 관치를 지목했다.

"그렇게 생각하시면 언제든 규약에 따라 선언을 하시면……."

"하지만 조금만 더 참기로 하지. 무당에 도착하기 전에 정복문과 평정문의 규약에 따라! 기필코 선언을 해주마."

"네, 네. 얼마든지 기대하겠습니다."

관치는 맘대로 해보라는 듯 봉태주에게 비웃음을 날렸다.

사람들은 뭐가 어떻게 돌아가는지 모르겠다는 듯 모두 어리둥절한 표정을 지어야 했고, 관치와 계속 함께했던 용문진은 설마 하는 표정으로 대사형과 관치를 번갈아가며 바라봤다.

"험험, 저기… 말씀 중에 죄송합니다만……."

용선 표국의 표두이자 본래 일행의 우두머리였던 진하석

이 조심스럽게 입을 열었다. 봉태주와 사람들의 시선이 이번엔 진하석 쪽으로 와르르 몰려들었다.

"제가 생각하기엔 저 관치는 그 관치가 아닐 것 같은데 말입니다."

"무슨 근거로 그런 말을 하는 것이냐?"

봉태주는 자신의 판단에 의구심을 품는 건방진 표두에게 날카로운 눈빛을 날렸다.

"그게… 본래 저 관치는 이곳에 도착함과 동시에 일이 끝나고 돌아갈 예정이었습니다."

"그게 무슨……."

봉태주는 진하석의 말에 짧게나마 눈빛이 흔들렸다. 그의 말이 사실이라면 여기에 있는 관치가 진짜 관치가 아니라는 진하석의 의견도 일부 신빙성이 있기 때문이다.

"그러고 보니 그러네. 관치 저 친구 여기 도착해서 다음 이야기꾼에게 일을 넘기고 돌아갈 예정이었잖아."

"예정이었다는 게 무슨 뜻이냐?"

봉태주는 어떤 상황이었는지 파악하기 위해 세세한 부분까지 확인을 시작했다.

표사들과 쟁자수들의 이야기를 듣는 와중에 표사 하나가 몸을 일으키더니 봉태주 앞으로 걸어가 정중히 인사를 올렸다.

"봉가의 가주께 용가의 종복이 인사를 올립니다."

사람들은 정보룡이란 이름을 가진 동료가 느닷없이 '난 본래 저쪽 편이었소.' 하며 배를 갈아타자 또다시 바보 같은 표정이 되어버렸다.

  일행에 용문진이 끼어 있는 건 그럴 수도 있었다. 그러나 몇 년 전부터 동료로 지내왔던 이가 갑자기 '초록은 동색이 아니었다네.' 하며 정복문 쪽으로 이동해버리자 가슴이 덜컥 내려앉은 것이다. 그렇다면 그 오랜 기간 동안 표국에 숨어들어 모종의 활동을 해왔단 뜻이 아닌가.

  "그런 눈으로 보지들 말게. 다 사는 법이 달라 그리된 것뿐이지 고의성은 없었다네. 그리고 표국에 딱히 피해를 준 적도 없지 않은가?"

  정 표사는 동료들의 허망한 눈빛에 마른기침을 몇 차례 늘어놓더니 고개를 돌려 버렸다.

  "용가의 종복이라."

  봉태주는 알고 있었냐는 듯 용문진 쪽으로 시선을 돌렸다. 그러나 용문진 역시 의외의 상황인지 발 빠른 대처를 하지 못하고 있었다.

  "좋아, 네가 이야기를 해봐라. 저 표두의 말이 사실이냐?"

  "있는 그대로만 말씀을 드리겠습니다. 판단은 가주께서 해주십시오. 일단 저들이 말한 내용은 모두 사실입니다. 관치저자는 여기까지 자신이 이야기를 하기로 했다며 그만 돌아가겠다고 했습니다."

"그런데 왜 아직까지 이곳에 있는 것이지?"

"그건 외발 영감… 아니 사마건이라는 분이 주변에 위험이 많은 것 같으니 안전해질 때까지 동행을 하는 게 좋지 않겠냐고 말했기 때문입니다. 만에 하나 관치 저자가 홀로 움직이다 적들에게 납치라도 당하는 날엔 쓸데없는 말을 늘어놓을 수도 있기 때문이라고 했습니다."

봉태주는 정복문 수하 입에서 직접적으로 흘러나온 정보였기에 불신을 하기가 어려웠다. 거기다 떠나지 못한 것이 자의가 아닌 타의에 의한 것이고, 그 이유가 자신들에게 납치를 당해 정보를 토설할지도 모른다는 염려 때문이었다면 더더욱 여기 있는 관치가 진짜 관치일 가능성은 낮아질 수밖에 없었다.

"알았다. 그동안 수고가 많았다."

"아닙니다."

정보룡은 겉에 걸치고 있던 표사복을 벗어 진하석에게 건네주더니 용문진 뒤에 시립했다.

진하석은 어이가 없기도 하고 그동안 적을 식구로 데리고 있었단 생각에 슬쩍 소름이 끼치기도 했다.

관치는 아직도 자신이 진짜 관치라 의심하느냐는 듯 봉태주를 바라봤다.

"정보를 사실 겁니까?"

관치는 최후의 통첩인 양 봉태주에게 입을 열었다.

"좋다, 정보를 사지."

"거두절미(去頭截尾)형으로 부탁드립니다. 더 이상 진부한 사설은 듣고 싶지 않습니다. 이거 은근히 피곤한 일입니다."

"끙, 내가 궁금한 것은……."

"아! 또 깜빡했습니다. 오늘따라 이상하네. 하루 사이에 건망증이라도 생긴 건가. 앞에 말씀드렸습니다만 조건부 발설에 합당한 발언 시 전해드리라는 말, 듣지 않으실 겁니까?"

봉태주는 여기서 이 말을 듣는 게 유리할지, 아니면 듣지 않고 무시하는 게 유리할지 선뜻 판단이 서질 않았다. 무슨 말을 전하라 했는진 모르겠지만 자신에게 유리한 사항은 아닐 것 같았기 때문이다. 그러나 그 말을 무시하기엔 관치 그 자가 뭐라고 했는지 궁금증을 넘기기가 쉽지 않았다.

"듣지… 아니 듣겠다."

"잘 생각하셨습니다. 원언(原言)을 그대로 전하라 했기에 잠시 예의에 벗어날 수 있다는 점 양해바랍니다."

"어서 말이나 해라!"

봉태주는 더 이상 참지 못하고 언성을 높였다. 결국 짜증이 올라오고 만 것이다.

"봉가의 가주 봉태주. 나이 마흔셋. 키 칠 척 반. 아직 독신이며 정복문의 지낭으로 불림. 자존심이 강하나 생각이 깊어 자신의 감정을 쉽게 드러내지 않음. 정복문 삼대 가문인 용가, 호가와 함께 문주 자리를 놓고 대결 중. 사형제 중 맏

이답게 강력한 무력과 진중함을 겸비, 실질적 차기 문주로 불리고 있음."

"잠깐!"

봉태주는 느닷없이 자신의 신상명세가 줄줄 흘러나오자 기가 막힌 표정이 되었다.

"왜 그러십니까?"

"지금 무슨 소리를 늘어놓고 있는 것이냐!"

"조건에 부합한 내용을 늘어놓고 있는 중입니다. 분명히 스스로 듣겠다 하지 않았습니까."

"되었다. 그런 것이라면 난 더 이상 듣지 않겠다."

"중도 해지는 불가입니다."

"뭐, 뭐라고?"

봉태주는 황당한 말을 아무렇지도 않게 툭툭 내뱉으며 내 알 바 아니라는 듯 계속 입을 나불거리는 관치의 행동에 주먹을 들어올렸다.

"규약에 관련된 조건을 깨실 생각이라면 다른 사형제분들에게도 허락을 구하는 게 좋을 것 같습니다."

"으드득!"

봉태주는 비릿한 미소와 함께 바른말만 꽝꽝 질러대는 관치를 보며 혈압이 머리끝까지 솟구치는 경험을 해야만 했다.

"조건을 깨든 말든 일단 저는 계속해야겠습니다. 평소엔 참을성 강하고 명석한 모습을 보이지만 감정이 흔들리거나 분을 참지 못하면 괴팍해지는 성격 때문에 문주 자리에 오르지 못하고 결국 사형제들과… 아니 다른 가문과 대결을 해야 하는 처지가 됨."

봉태주는 자신이 문주에 오르지 못한 이유가 자신의 성격 때문이라는 말이 흘러나오자 다시 마음을 가라앉혔다. 타인의 입을 통해 자신의 신상명세를 듣는 경험은 다시 하고 싶지 않았지만, 냉정하고 음성에 고조가 없는 방식으로 신상명세를 되짚어보자 마음이 차갑게 가라앉기 시작했다.

"잘못된 것은 망설임 없이 바로잡고 자신에게 도움이 된다 생각하면 쥐약이라도 들이켤 만큼 노력을 마다하지 않는 천재."

"끝인가?"

"그래서 바보다."

"……."

"여기 까지입니다."

객잔은 관치의 마지막 말 탓에 황량한 들판이라도 나앉은 듯 싸한 기운이 한차례 훑고 지나갔다.

호태얼은 '감히!'를 외치며 흥분을 보였고, 용문진은 관치가 대사형의 신상명세를 줄줄이 꿰고 있다는 사실에 충격을 먹었다. 아마 대사형 역시 이 부분에 있어서 머릿속이 복잡해지고 말았을 것이다.

사실 들추고 보면 모두가 아는 이야기였지만 그것은 어디까지나 정복문 수뇌부의 일이었다. 일반 평무사가 문주가 되고 안 되고의 이유 따위를 알 리가 없기 때문이다. 그런데 관치 그자는 이런 사항까지도 이미 꿰차고 있었던 것이다.

'나도… 대충 까발려진 상태란 뜻이군. 연구를 해야 할 상황이야.'

관치는 사돈의 팔촌의 당숙이 뭘 하든 상관하지 않는단 태도로 다시 자신의 업무로 돌아왔다.

"이제 질문 받겠습니다."

"크크크, 질문. 그래, 해야지. 만에 하나 내가 규약이든 뭐든 모조리 무시하고 난리를 친다면 어떻게 될지 한번 답해 봐라."

"은자 한 냥입니다."

사람들은 봉태주의 질문이 겨우 은자 한 냥이라는 말에 '저런 질문이 그 정도 값어치밖에 없단 말인가?' 하며 의아한 표정들을 지었다.

툭.

봉태주 손에서 은자 한 냥이 탁자 위로 올려졌다.

"규약 전으로 돌아갑니다."

"뭐?"

"규약이 깨지면 지금의 조건도 의미가 없습니다. 그래서 본래 처음으로 돌아갑니다. 단! 연판장과 맞바꾼 정복문의 신물은 영원히 찾지 못할 것입니다."

"……."

 연판장은 뭐고 신물은 뭐란 말인가.

 남궁철과 제갈선은 뭔가 알 듯하면 다시 미궁 속으로 빠져드는 관치의 대답에 속이 쓰려 왔다. 천하의 남궁세가의 가주와 제갈세가의 가주가 어디 가서 이런 취급을 받는단 말인가. 어느 누구도 자신들의 위치를 생각해주는 사람도 없고, 자신들이 있는지 없는지조차 관심 없어 보이는 자들이 태반이니 세상 오래 살고 볼 일이었다.

 ―선이, 대충 상황을 종합해보면 정복문이란 놈들이 무림을 도모하는 것 같지?

 ―그래 보이는군. 그런데 평정문은 또 뭔가? 도대체 어떤 자들이 문파를 만들었는진 모르겠지만 이름 한번 요란하게 지었군.

 제갈선은 거창하고 무지한 작명이라며 불만 섞인 전음을 날렸다.

 ―일단 흘러가는 상황만 본다면 제일흥신소가 전면에 나서서 일을 꾸미는 것 같은데, 딸아이에게 뭐 들은 거 없나?

 ―딸아이 같은 소리 하고 있네. 연락 끊고 관치 그 인간 따라나선 지 오래네. 자네 손자 놈에겐 연락이 없는가?

 ―나 역시 마찬가지네. 몇 달 전 연락이 뚝 끊기더니 그걸로 끝이었네.

-그런데 이 일에 그 어르신도 끼어드신 건가?
-아무래도 그렇지 않을까? 여전히 앞뒤 설명 없이 본론만 던져 놓기는 했지만 말일세.

남궁철은 쪽지를 보내온 사람이라면 그러고도 남는다며 고개를 끄덕거렸다.

-하긴 쪽지 내용이 '이번엔 무당이다.' 였지?
-언제나 그런 식이지, 쩝.

남궁철과 제갈선은 도란도란 전음을 나누다 누군가가 객잔 안으로 들어서자 대화를 멈췄다. 일행은 물론 정복문 사람들까지 시선이 입구로 향했기 때문이다.

'이번엔 또 누구냐?'

남궁철은 새롭게 사람이 나타날 때마다 이야기의 규모가 부쩍부쩍 커버리자 제발 자신과 상관없는 사람이기를 바랐다.

제4장. 공중누각(空中樓閣)

공중누각(空中樓閣)

-공중에 지은 누각처럼 근거나 바탕이 없는 사물을 가리키는 말

"여기 혹시 관치란 분이 계십니까?"

새롭게 나타난 사람은 등장부터 아예 대놓고 관치를 찾았다. 더 이상 숨길 것도 숨길 이유도 없다는 듯 편안한 얼굴을 하고 말이다.

당연히 정복문 사람들은 표정이 좋질 않았고 관치 쪽 사람들은 무척 흥미로운 표정이 가득했다.

"무슨 일입니까?"

"없으면 말고 말입니다."

사내는 무슨 일이냐고 묻는 진하석의 말에 대뜸 돌아서 나가려 했다.

"이, 있소. 거기 서시오."

진하석은 성질 한번 더럽게 급한 인간이라며 투덜거렸지만 내색하지는 않았다.
"당신이 관치요?"
"나는 아니고, 저쪽에……."
"내가 관치입니다."
"그렇소? 내 살다 살다 별 희한한 심부름을 다 다니네. 옜소."
사내는 편지가 든 듯한 봉투를 내밀었다.
"관치란 양반이 관치에게 전해달라고 합디다. 돈도 주겠다 어렵지 않은 일이라 생각해 전해주기로 했지만, 관치가 관치에게 전하는 편지가 벌써 다섯 번째요. 무당산을 반 바퀴나 돌았단 말이오."
관치는 사내의 말에 그랬냐는 듯 고개를 끄덕이더니 곧바로 편지를 펼쳐 보았다.
"흠, 그렇군."
관치는 뭔가 알겠다는 듯 미소를 짓더니 객잔 계산대로 가 지필묵을 얻어 편지에 다시 몇 자 적어 넣었다.
"자, 돈은 받았다니 관치가 관치에게 전하는 서신이오. 수고하시오."
"이, 이것 보시오! 정말 너무하는 것 아니오?"
"뭘 말이오?"
"관치란 사람이 관치에게 전해주라며 은 부스러기를 줄 때는 그러려니 했소. 그런데 편지를 전하고 돌아서려니 당신처럼 관치에게 또 관치가 보내는 편지라며 내밀더라, 이 말이오."

"그게 이상합니까?"

"당연히 이상하지! 사례금은 겨우 부스러긴데 일은 끝이 나지를 않는단 말이오!"

"관치가 관치에게 전하는 것을 이유로 돈을 받았다면 임무를 성실히 이행하는 게 이치에 맞소."

"그걸 누가 몰라서 하는 소리요? 일이 끝이 안 난다니까! 내가 다른 관치를 찾아 편지를 전하면 그 관치가 또 관치에게 편지를 넘길 게 아니오!"

"그걸 조건으로 돈을 받았으니 별수 없지 않소."

"아니, 내 말은! 관치가 계속 관치에게 편지를 쓰니 이 일이 도대체 끝나겠느냐, 이 말이오! 겨우 은자 부스러기 몇 개 챙기고자 하루를 꼬박 돌아다녔단 말이오!"

"그걸 왜 나에게 따지십니까? 관치가 쓴 편지를 관치에게 전한다. 그것이 임무임을 모르고 수락한 것은 아닐 것 아닙니까?"

"으… 당연히 관치가 관치에게 보내는 편지를 전하는 것이 일이긴 하지만, 계속해서 관치가 관치에게 편지를 보내면 노동 대가를 따져 봤을 때 착취가 아니냐, 이런 말이오!"

"그러니까 그걸 왜 나에게 따지냔 말이오. 난 관치에게 온 편지를 받았고 또다시 편지를 써 당신에게 주면 그만인 것이니 나에게 따질 일은 아니지 않소. 정 억울하다면 처음 관치가 관치에게 편지를 전해주는 일을 맡긴 그 관치를 쫓아가 따져야 하는 것 아니오?"

"젠장! 나 안 해!"

"하기 싫으면 마시오. 보아하니 고리대금을 전문으로 하는 관치에게 걸린 것 같은데, 그 은자 부스러기 때문에 언젠간 당신은 물론이고 당신의 가족까지 모조리 빚쟁이로 만드는 결과가 올지도 모르겠소."

"이런 개쌍!"

사내는 그렇지 않아도 억울해 죽겠는데 협박까지 당하자 분을 참지 못하고 욕지거리를 내뱉었다.

처음엔 관치에게 전해진 관치의 편지에 관심을 보이던 객잔 안 사람들은 편지를 전하고 있는 사내의 사연을 듣는 순간 그것참 미칠 노릇이겠단 생각이 들었다.

조건은 '관치가 쓴 편지를 관치에게 전하는 것'이었기에 억울해도 지킬 수밖에 없게 된 것이다. 아예 첫 번째 관치가 두 번째 관치에게 전하는 편지였다면 일회성으로 끝이 났겠지만, 사실 어느 누가 그런 심부름을 하면서 관치가 계속 관치에게 편지를 보낼 거라 생각을 했겠느냔 말이다. 오히려 관치가 관치에게 보낸다는 말에 재미있다는 생각을 하고 일을 덥석 문 것은 아닌지 의심이 들 정도였다.

"난 관치가 관치에게 보낸다는 말에 그저 재미있는 놀이겠거니 했단 말이오!"

사람들은 사내의 말에 '역시 그런 거였군.' 하는 표정을 지었다.

"이보게, 관치, 수중에 은자가 쌓였을 텐데 좀 줘서 보내게. 내가 봐도 억울한 입장이 분명하네."

"네?"

관치는 조성은의 말에 자신이 왜 저 사내에게 돈을 줘야 하는지 모르겠다며 어리둥절한 표정을 지었다.

"그래야 저 사람의 억울함도 좀 풀리고 자네도 일을 볼 게 아닌가."

"제가 시킨 일도 아닌데 제가 왜 돈을 줍니까? 그렇게 불쌍해 보이면 영감님이 주십시오."

"나는 주고 싶어도……."

조성은은 가진 재산을 모조리 관치에게 털리고 빚까지 지는 바람에 여력이 없는 상태였다.

"쪼잔하군."

봉태주는 관치의 치졸한 답변에 인상을 찡그리더니 은자 한 냥을 심부름 온 사내에게 던져 주었다.

"그것을 받고 그만 나가라."

"네? 왜 그쪽이 이걸 저에게 주십니까?"

사람들은 황당하긴 하지만 자잘한 소동은 은자 한 냥으로 마무리되었다 생각했다가 오히려 왜 봉태주가 은자를 주냐며 따지고 드는 사내의 행동에 어이없는 표정을 지었다.

"지금 날 거지 취급하는 겁니까? 돈을 줘도 일을 시킨 사람이 주든지, 아니면 관계자가 줘야지 왜 아무 상관도 없는 사람이 돈을 던지고 지랄입니까?"

사내는 바닥을 또르르 굴러 발끝에 멈춰선 은자를 걷어차며 오히려 성질을 냈다.

정복문 사람들은 간을 배 밖에 꺼내놓은 듯 행동하는 사내의 태도에 당장 검을 뽑아들었다.

"퉤! 더러워서. 이래서 무림인들은 안 된다니까. 툭하면 칼부터 빼."

"감히!"

"됐다."

봉태주는 부하들을 제지하며 사내에게 말을 건넸다.

"보아하니 우리가 손을 못 대는 것을 알고 있는 자로군."

"심부름이 벌써 다섯 뻔이오. 주워들은 이야기 없었을까봐?"

사내는 할 테면 해보라는 듯 아예 앞섶을 들추며 배 째라는 시늉을 했다. 사내의 행동이 우습기도 하고 황당하기도 했는지 소주아와 몇몇 사람들이 웃음을 터트렸다.

"네미, 이게 웃기냐? 누군 은자 부스러기 하나 때문에 하루 종일 발이 부르트도록 뛰어다니고 있는데 웃겨?"

사내는 정말 쌓인 게 많았는지 버럭버럭 소리를 지르며 삿대질까지 해댔다.

"이보게, 관치, 저대로 둘 생각인가? 제발 좀 보내게. 정신 사나워서……."

사람들은 더 이상 못 봐주겠다며 관치에게 어서 돈을 내라고 이야기했다.

"그렇게 시끄러우면 돈 좀 줘보십시오. 보아하니 내가 주는 돈이 아니면 계속 저럴 것 같은데……."

"아니, 왜 우리가 돈을 주나."

"뭐, 나는 별로 신경 쓰이지도 않고 그래서……."

관치는 은자가 가득한 전낭을 꾹 움켜쥐며 사람들의 시선을 외면해버렸다.

"내가 더러워서 그냥 간다. 재수 똥 붙었다고 치마. 잘 먹고 잘 살아라, 이 수전노 같은 놈아!"

사내는 관치가 죽어도 주머니를 열 생각이 없어 보이자 결국엔 포기를 했는지 그대로 나가버렸다.

사람들은 돈에 지독한 집착을 보이는 관치의 태도에 질린 표정을 짓더니 모두 고개를 돌려 버렸다. 사람 잘못 봤다는 눈빛들이다.

"쩝, 다들 왜 그렇게 보십니까. 그렇게 안타까우면 직접 주머니를 열어야지 엉뚱한 사람 주머니를 탐내는 것이 아닙니다."

관치는 어림도 없다며 중얼거리다가 다시 봉태주에게 시선을 돌렸다.
"자, 아직 질문이 남아 있습니까?"
"생각 좀 해보고 이야기하지."
봉태주는 이야기꾼 관치의 행동 양식에 판단이 서지 않자 정체를 밝히는 작업을 잠시 미뤄두는 게 좋겠다 생각을 해버렸다.
"혹시 다른 분들은?"
"있어도 없다."
"안 물어봐."
"됐어."
사람들은 관치의 눈빛을 냉정히 외면하며 고개를 돌려 버렸다.
"없으면 말고."
관치는 전혀 개의치 않는 듯 싱글싱글 웃어 보이더니 점소이를 불렀다.
"이봐, 점소이."
"네, 손님."
"여기 있는 사람들에게 식사 좀 내와. 돈은 걱정하지 말고."
"여기 있는 분들 전부에게 말입니까?"
"그래, 골고루 좋은 음식 좀 가져와봐."

"하지만……."

점소이는 방금 관치의 수전노 같은 태도를 보았기에 정말이냐는 듯 다시 한 번 되물었다.

"이거야 원. 얼마야? 얼마면 되겠어?"

점소이는 밑져야 본전이라는 생각에 부지런히 암산을 해보더니 조심스럽게 입을 열었다.

"못해도 은자 오십 냥은……."

"육십 냥이다."

관치는 언제 돈을 아꼈냐는 듯 점소이에게 은자를 가득 안겨 줬다.

"가, 감사합니다. 곧바로 대령해 올리겠습니다."

사람들은 시시때때로 돌변하는 관치를 보며 '본래 저렇게 성격이 중구난방이었나?' 하는 표정을 지었다.

"오랜만에 돈 좀 만졌으니 제가 한번 쏘겠습니다. 거기 정복문분들도 밤새 고생이 많으셨을 텐데 맛있게 드십시오."

정복문 사람들은 관치가 주는 대로 먹어야 하는 건지 모르겠다며 주인들의 눈치를 살폈다.

"호의로 받아주지."

봉태주는 맘대로 해보라는 듯 고개를 끄덕였다.

'그래, 그렇게 맘껏 날뛰어라. 내 자존심을 걸고 네놈이 그놈임을 기필코 밝혀낼 테니까.'

관치의 파격적인 돈질에 푸짐한 식사를 하게 된 객잔 안 사람들은 고단했던 전날을 보상이라도 받으려는지 사양치 않고 음식을 먹어댔다.

표국 사람들은 표행을 하는 동안 제대로 된 식사를 하지 못해 그런 반응을 보일 수도 있다고 생각했지만, 다른 사람들까지 왕성한 식욕을 보인 것은 특이할 만한 사항이었다.

심하게 허기진 배를 안정시킨 사람들은 잠시 차 마시는 시간을 즐기며 휴식에 빠져들었다.

"소 소저, 분위기도 그렇고 다시 이야기 좀 들려주시면 안 되겠습니까?"

"물론이죠. 저야 원하신다면 얼마든지 좋습니다."

소주아는 진하석의 요청에 맑은 목소리로 대답을 했다.

봉태주는 관치가 아닌 소주아가 이야기꾼이라는 말에 잠시 의아한 표정을 보였지만, 본래 이야기를 하기로 한 사람 대신 자리를 잡았단 말에 고개를 끄덕였다. 곳곳에서 무당산 자락을 오르는 이들 중 유일하게 관치가 아닌 그의 친동생이 이야기를 들려주는 곳이 생긴 것이다.

"상행을 떠난 부분까지 이야기했죠?"

"그렇습니다."

"좋아요, 그 부분부터 이어서 들려드릴게요."

◈ ◈ ◈

관치 일행은 상단과 함께 회족 구역에 들어섬과 동시에 길게 늘어트렸던 대열을 2열로 정비했다. 도로라는 개념이 약한 초지가 많은 곳이었기에 굳이 한 줄로 늘어설 이유가 없었다. 혹 누군가 공격을 해온다 할지라도 방어 형태를 갖추기 편했기 때문에 이쪽 지역에 접어들면 어느 상단이나 비슷한 방식을 취했다.

 남궁보륜은 자꾸 쓸데없는 이야기를 한다며 아혈을 눌러 버리는 바람에 벙어리가 된 상태였다. 물론 말만 못할 뿐 행동이나 여타 움직임엔 문제가 없었기에 스스로 혈을 푸는 방법도 있었지만, 보륜은 묵묵히 벙어리가 되는 길을 택해 버렸다. 임의로 혈도를 풀었다간 시키지 않은 짓 한다며 또 구타를 할 게 분명했다.

"조용하고 좋군요."

 인구 대비 넓은 땅을 소유하고 있는 회족 지역은 듬성듬성 군락을 이루고 있었기에 중원처럼 수시로 사람을 만날 일이 드문 편이었다.

"어디쯤입니까?"

 관치는 상단을 총괄하고 있는 단주에게 말을 건넸다.

"네?"

"상단이 사라지는 곳이 어디쯤이냔 말입니다."

"아, 이곳에서 반나절 정도 더 들어가면 초지가 끝나고 작은 산들이 모여 있는 곳에 도착하게 됩니다."

"이곳의 산들은 대부분 흙이나 돌로 이루어져 있겠군요."

"그렇습니다. 그 지역도 초지가 이어져 있긴 하지만 평원이라고 부르기엔 어려운 곳이죠. 하지만 일반 초지와 달리 그곳엔 물이 있기 때문에 상단이 쉬어가는 장소이기도 합니다. 사실 산이라고 부르기 민망한 곳이기도 합니다."

관치는 단주의 설명에 고개를 끄덕이더니 보륜을 불렀다.

아혈이 잡혀 있는 보륜은 소리는 내지 못하고 고개만 까닥이며 관치 옆으로 말을 몰았다.

"상단 이동속도로 반나절이면 말을 타고 한 시진 거리다."

"……."

"먼저 도착해 매복을 하고 있어라."

"……?"

"왜 대답이 없는 것이냐?"

관치는 묵묵히 눈만 굴리고 있는 보륜을 보며 미간을 찡그렸다.

"……."

"대답 안 할 거냐?"

관치는 눈까지 찡그리며 보륜을 바라봤다.

'혈도를 풀어야 하나, 말아야 하나.'

보륜은 뒤쪽에서 따라오고 있는 조성은을 힐끔 쳐다보다가 소장님 지시에 따랐다고 하면 되겠단 생각이 들었다.

"알겠습니다. 그럼 매복을 하기 전에 누군가 있거나 매복

중에 또 다른 매복이 생겨나면 어떻게 합니까?"

"누군가 먼저 와 있다면 그들 모르게 정찰만 하고 돌아와라. 그러나 매복을 한 상태에서 누군가 몰래 매복을 시도한다면 그들이 매복을 하기 전에 알아서 빠져나와라."

"……"

'젠장, 이러나저러나 들키지 말라는 이야기잖아.'

"만약 들키게 되면."

"네."

"죽지만 마라."

"……"

"가기 전에 무력부장에게 앞쪽으로 오시라고 해라."

"알겠습니다."

보륜은 상단 끝에서 말을 몰고 있던 조성은에게 달려가 관치가 찾는단 말을 전했다.

"그래? 그런데 아혈은 어떻게 푼 것이냐?"

"소장님이 대답을 하라고 하셔서……"

남궁보륜은 역시나 조성은이 아혈에 대해서 질문을 던지자 불안한 표정으로 대답했다.

"그랬구나. 알았다. 매복 들키지 않게 조심하고."

'어라. 그냥 넘어가나?'

보륜은 천만다행이라 생각하더니 인사를 하고 곧바로 임무에 나섰다.

"불렀다고?"

"네. 한 식경 뒤에 보륜이 간 곳으로 출발해주십시오."

"역시 그놈은 미끼였던 거냐?"

"절정급이 소리 소문 없이 사라질 정도라면 쉽게 볼 놈들이 아닙니다."

"그렇긴 하지."

"숙부님도 매복 부탁드립니다."

"응? 그놈을 구해서 오는 게 아니었나?"

"구하다뇨. 인질이 있어야 보상금이라도 뜯어낼 것 아닙니까."

"그렇군. 보상금이라… 좋은 일이지. 알았다. 너는 언제 올 것이냐."

"숙부님 출발하시고 나면 단주와 몇 가지 협의를 하고 뒤따르겠습니다."

조성은은 고개를 끄덕이더니 다시 뒤쪽으로 돌아갔다. 한 식경 후면 조용히 모습을 감출 생각이었다.

"단주님."

"말씀하십시오."

"초원 지대는 시야가 넓어 적들의 공격이 어려울 것입니다."

"그렇습니다. 이곳에서 사라진 상단 대부분이 초원을 벗어난 시점이었으니 말입니다."

공중누각(空中樓閣) • 119

"그래서 말입니다, 저와 직원들이 먼저 정찰을 했으면 합니다."

"돌산 쪽 말입니까?"

"네. 일단 부탁이 하나 있습니다."

"네."

"초원 지대가 끝나가는 지점이 가까워질 때 상단 무사 한 명에게 정찰을 지시하십시오. 만에 하나 우리의 모습이 보이지 않는다면 초원을 벗어나서는 안 됩니다."

"하지만 시간적인 여유가……."

 단주는 그랬다간 군부에 벌어놓은 시간마저 모두 써버리게 될 수 있다며 걱정스런 표정이 되었다.

"객지에서 횡사하는 것보다는 낫지 않습니까."

"그렇긴 하지만……."

"일단 제 말대로 해주십시오. 만에 하나 일이 잘 풀린다면 좋은 일이 생길 수도 있으니 말입니다."

"그렇게만 된다면 바랄 게 없겠습니다. 소장님 말대로 하겠습니다. 잘 좀 부탁드립니다."

 관치는 상단의 존망이 걸렸다며 애절한 표정을 짓는 단장에게 고개를 끄덕이더니 조성은이 움직이기도 전에 먼저 모습을 감춰버렸다.

 보륜은 목적지가 가까워지자 말에서 내려 직접 뛰기 시작했다. 만에 하나 누군가 매복을 하고 있거나 정찰을 하는 자가 있다면 말은 도움이 되지 않기 때문이다.

 적당히 체력을 유지하며 조심스럽게 흙과 돌로 이뤄진 계곡에 들어선 보륜은 주변을 꼼꼼히 살피며 그림자 속에 몸을 감췄다.

 '기척이 있다!'

 보륜은 계곡 안쪽 물가에서 말 울음소리가 들려오자 조심조심 정체 파악에 나섰다.

 '응? 다른 상단이잖아.'

 도검을 휴대한 마적 떼가 몰려 있을 거라 생각했던 보륜은 다른 상단이 물가에서 휴식을 취하고 있자 안도의 한숨을 내쉬었다. 절정급도 버텨 내지 못했다는 말을 들었기에 자신의 실력으론 그들을 상대할 수 없다고 생각했기 때문이다. 죽지만 말고 기다리라던 관치의 말은 상단을 노리는 석들의 힘이 그만큼 상당하다는 의미였다.

 "누구냐!"

 상단의 호위 무사로 보이는 자가 물가로 다가오는 보륜을 발견하고 곧바로 검을 뽑아들었다.

 "아, 지나가는 길손입니다."

 보륜은 절대 의심스러운 자가 아니라는 듯 양손을 들어 보이며 천천히 앞으로 걸어 나왔다.

 "수상한 자다. 모두 무기를 들어라."

"네? 수상하다뇨."

보륜은 오해가 있다며 급히 설명을 하려 했지만 호위 무사 중 상급자로 보이는 자가 바로 공격 명령을 내렸다.

"뭐가 수상하다고 그러는 겁니까? 그냥 지나가는 길손이라니까요!"

"말이 되는 소리를 해라. 성도에서 이곳까지 사흘이 넘는 거리다. 몸에 물통 하나도 없이 이곳까지 왔다는 게 말이 되느냐! 거기다 지나가는 길손이라니. 이런 황량한 곳에 길손 같은 소리 하네!"

보륜은 그저 지나가는 길손이라고 하면 문제가 되지 않겠다 싶었는데 상대의 말을 듣고 보니 정말 수상한 점이 한둘이 아니라 생각됐다.

'내가 지금 뭐 하는 거냐.'

남궁보륜은 마적이 아닌 상단이 있자 반가운 마음에 달려 나왔다가 오히려 마적으로 오인을 받은 것이다.

"잠깐만! 난 남궁세가의 차남, 남궁보륜이라고 하오. 당신들이 생각하는 수상한 자가 아니란 말이오!"

무사들은 보륜의 입에서 남궁세가란 말이 흘러나오자 잠시 공격을 멈추고 상급자를 바라봤다. 어떻게 하면 좋겠는지 지시를 바란 것이다.

"남궁가의 차남이 무슨 일로 이런 곳까지 온 것이오!"

"나는……."

'아니지, 내가 왜 저들 말에 고분고분 답을 해야 하는 거지?'

보륜은 상단의 호위를 맡아 정찰을 나왔다 말을 하려다 이상하게 취조당하는 기분이 들자 과거 성격이 불쑥 튀어나왔다.

"지금 남궁가를 취조하는 것이오?"

"무슨……"

"외지에서 중원 사람을 만나 기쁜 마음에 달려왔을 뿐이오. 내가 왜 당신의 말에 답을 해야 하는지 모르겠군."

"그러나 이런 외지에서 수상한 자를 발견하면 당연히……"

"내가 피해를 입히길 했소, 아니면 뭘 빼앗길 했소? 여행 중 물이 떨어져 이곳까지 달려왔을 뿐인데 무작정 도적 취급하다니!"

"무슨 소란이냐?"

"수상한 자가 나타나서……"

"수상한 자라니?"

호위 무사들은 가냘픈 여인의 음성에 조심스러운 태도를 보이더니 목소리의 주인공이 나타나자 모두 정중한 자세를 취했다.

면사로 얼굴을 가리고 피풍의까지 걸쳤지만 호리호리한 몸매가 그대로 드러난 여인이 남궁보륜에게 시선을 고정했다.

"누구신지는 모르나 이곳은 저희 공각(空閣) 상단이 먼저 자리를 잡았으니 다른 곳으로 가주십시오."

"계곡의 물이 그쪽 상단의 것만은 아닐진대 어찌 다른 곳으로 가라 한단 말이오!"

보륜은 이치에 맞지 않다며 고개를 저어버렸다.

"우리는 상대가 누구라 할지라도 상행 중엔 외인과 접촉을 금하고 있습니다. 문제를 일으키고 싶지 않으니 공자께서 물러나주십시오."

"어디의 상단인지는 모르겠지만 난 그냥 지나가던 외인이 아니오. 중원 오대세가 중 수석을 차지하고 있는 남궁가의 차남 남궁보륜이라는 사람이오."

"남궁가의 차남이……."

"……?"

"이런 오지엔 무슨 일인지 모르겠군요. 듣기론 무림맹에서 일을 본다고 하던데."

"그거야 당연히 일이 있으니 온 것 아니겠소."

"그래요?"

여인은 진짜 남궁보륜이 맞는지 모르겠다며 의심의 눈빛을 날렸다.

"지금 나를 믿지 못하겠다는 것이오?"

"믿지 못해서가 아니라… 믿을 만한 구석이 없다고 하는 게 맞겠군요. 신분을 사칭하려면 최소한 복색은 갖추고 하는 게 좋지 않을까 싶군요."

"내 복색이 뭐가 어때서……."

보륜은 어이없다는 듯 자신의 몸을 살펴보다 점점 목소리가 작아졌다. 생각해보니 무한을 떠나오며 기존에 입었던 옷은 벗어버리고 간편한 무복으로 바꿔 입었던 것이다. 그나마 처음엔 깔끔했던 무복이었지만 조성은에게 하루도 쉬지 않고 얻어맞다 보니 거의 넝마 수준으로 변해 있었다.

"나는… 나는 남궁보륜이다!"

보륜은 억울하다는 듯 언성을 높였다.

"우리가 당신을 믿고 받아들일 정도의 증명할 수단이 없다면 이쯤에서 돌아가주길 바랍니다. 마지막 경고라고 보면 되겠군요."

여인은 더 이상 할 말이 없다는 듯 호위 무사 한 명에게 눈짓을 하더니 막사 쪽으로 사라져 버렸다.

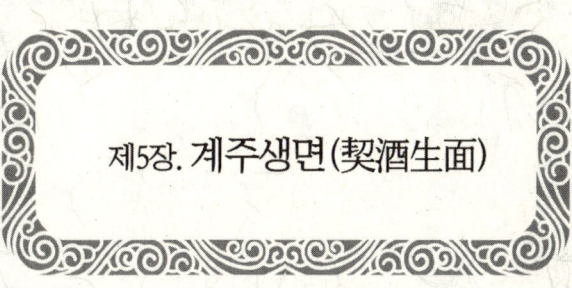

제5장. 계주생면(契酒生面)

계주생면(契酒生面)

-내 물건이 아닌 남의 물건을 가지고 자기가 생색내는 것

　보륜을 뒤쫓아 왔던 조성은은 계곡 안에 사람이 많은 걸 알게 되자 곧바로 바위 뒤에 몸을 숨겼다. 마적이나 복면을 한 정체불명의 인산은 아니었지만 그렇다고 보륜처럼 모습을 드러내기엔 성급하다 생각한 것이다.
　'공각 상단? 처음 들어보는 곳이군.'
　중원은 물론이고 새외에 이르기까지 수많은 상단이 존재했기에 사실 이름만으로 알 만한 곳은 그리 많지가 않았다. 상단과 상단, 지역과 지역을 잇는 교두보 형태의 상단뿐만 아니라 타 지역에선 전혀 활동을 하지 않는 소규모 상단도 많았기 때문이다. 중원 전역은 물론 새외까지 활동을 하는 대규모 상단은 손에 꼽을 정도였으니 이름만으로 어떤 상단

인지 알아본다는 것은 상계에 있는 사람이라도 쉬운 일이 아닌 것이다.

'호위들의 기도가 생각보다 수준이 높아 보이는군. 하긴 최근에 무역상들의 피해가 많다고 했으니 다른 상단도 평소와 다른 준비를 해왔겠지. 그나저나 저들을 제외하곤 별다른 위험은 없어 보이는데……'

조성은은 일단 관치가 도착할 때까지 조용히 기다리기로 했다. 경험 부족한 보륜이 알아서 설레발을 쳐 주고 있으니 관찰하기가 용이해진 것이다.

죽지만 않으면 된다는 관치의 말에 일단 버티기에 들어간 보륜이나 그런 보륜을 통해 공각 상단의 규모, 그리고 호위들의 수준을 가늠해보는 조성은은 관치가 자신들보다 먼저 이곳에 도착해 있음은 전혀 생각지 못하고 있었다.

관치는 조성은이 몸을 감춘 곳 반대편 돌산에서 느긋한 자세로 시간을 보내고 있었다. 공각 상단이 계곡 안에 자리를 잡기 직전에 도착했던 관치는 일이 재미있게 돌아간다는 듯 계곡 안을 바라봤다.

'그동안 이 지역에서 실종된 상단은 모두 일곱 개. 그중에 황금 전장의 상단이 세 개, 협력 상단이 두 개, 그리고 새외에서 들어오던 상단이 두 개라고 했겠다. 그중에서도 연속으로 상단이 사라진 곳은 황금 전장이 유일하다 했으니……'

관치는 상단의 실종이 결코 마적이나 도둑의 짓이 아니라 생각했다. 만에 하나 마적이나 도적 떼의 짓이라면 흔적 하나 남기지 않고 일을 처리할 이유도 없었고 그런 능력도 없다고 봐야 했다. 기동성을 최대로 생각하는 마적들이 치고 빠지기도 바쁜 와중에 뒷정리까지 했겠느냔 말이다.

결국 7개의 상단이 사라진 것은 이들 상단과 적대 관계에 있거나, 이 지역에 사람들이 나타나는 것을 원치 않는 어떤 단체의 짓이라 보는 게 가장 합당했다.

'중원에 황금 전장의 눈을 피해 이런 일을 벌일 곳은 모두 두 곳뿐이다. 하지만 서로 간의 영역을 존중하고 잘 지내오던 이들 세력이 이런 새외까지 달려와 일을 벌일 이유가 있을까?'

상단 간의 전쟁은 무림인들과 달리 상계의 법칙을 준수한다. 무림인들이 무(武)를 내세운 강자의 논리로 지배를 하고 있다면 상단은 금력(金力)을 바탕으로 시상을 지배하는 것이다.

물론 상대의 자금력을 약화시키기 위해 뒷배를 타는 경우도 있긴 했지만 중소 규모의 작은 상단을 상대하는 것이 아니라 고수급 호위를 대동한 황금 전장의 상단을 공격하고자 했다면, 아니 공격을 했다면 그에 상응한 무림인들의 이동이나 흔적이 남았을 것이다. 그러나 그동안 조사 내용을 살펴봐도 중원의 세력이 일을 벌였단 증거는 찾아볼 수가 없었다.

'정체불명이라······.'

관치는 최근 중원 무림에 벌어졌던 혈사를 떠올렸다. 당문은 물론이고 한림서원과 죽산 소가장, 거기다 제갈세가까지 그 일에 잠시 휘말렸지 않았는가.

관치는 황금 전장의 상단 실종 사건도 무림에 일어났던 의문의 혈사와 이어지는 부분이 있을 거라고 생각했다. 관부의 힘이 정점에 오르고 개국 이래 가장 평화로운 시기가 계속되던 세상이었다. 만약 중원 내부에서 누군가 일을 벌이고자 했다면 가장 불리한 기간에 사고를 친 게 되는 것이다.

'결국 내부 세력이 벌인 일은 아닌 것 같고··· 외부에서 누군가 욕심을 부리는 것 같은데.'

관치는 정체불명의 집단과 첫 인연이 악연으로 시작된 사람이었다. 연인은 물론이고 글을 공부하던 서원과 자신의 형제부모가 살아가던 장원까지. 아무리 악연이라곤 하지만 이 정도 수준이면 불공대천의 원수라 해도 부족함이 없었다.

'설마 정복문이 중원으로 눈을 돌린 것인가?'

관치는 불현듯 평정문과 인연이 있던, 아니 그들 입장에선 악연이라고밖엔 볼 수 없는 문파가 머릿속에 떠올랐다.

◎   ◎   ◎

"소 소저, 그렇다면 관치 그자가 처음부터 우리 정복문을 알고 있었단 말이오?"

용문진은 20년 넘게 갇혀 있었던 자가 어떻게 그럴 수 있냐는 듯 소주아를 바라봤다.

"그건 저도 잘 모르겠습니다. 하지만 이야기 구조상 이미 알고 있었다고 보는 게 맞지 않을까요?"

"셋째, 이야기를 끊지 마라."

"하지만……."

"끊지 말라고 했다."

"알겠습니다, 대사형."

용문진은 눈을 감은 채 이야기를 듣고 있던 봉태주의 가라앉은 음성에 별수 없다는 듯 입을 다물었다.

◎　　◎　　◎

관치는 설마 하는 생각에 고개를 저어버렸다. 1백 년 이상 움직임이 없던 문파였다. 1백 년이면 최소한 세 번의 세대교체가 이루어질 만큼 긴 세월이었다. 만약 무림을 도모하고자 했다면 그 전에 움직이는 게 더 유리했을 것이다. 최소한 40년 전만 해도 제국에 내전이 발생해 관과 무림 전체가 혼란을 거듭했지 않은가.

'하지만… 혼란을 틈타는 것보다 완숙한 힘을 앞세워 군림

하는 것을 택했다면······.'

 전략적으로 보면 어리석은 결정이지만 성공했을 경우엔 어느 누구도 감히 고개를 들 수 없을 정도로 완벽한 군림에 이를 수 있었다.

 '그러나 지금 벌어진 일들이 정복문의 짓이라면··· 완숙한 힘을 내세워 군림하는 방법도 아닌 것 같은데. 마치 뒷방 늙은이처럼 구렁이 같은 짓을 벌인 게 아닌가.'

 무림에 일어난 혈사가 그들의 짓이라면 자신들의 정체를 드러내지 않은 상태에서 위험 인자를 제거해나가는 방식을 택한 게 되는 것이다.

 '비겁한 쪽으로 방향을 잡은 것인가?'

 관치는 무인각에 남겨진 기록을 통해 정복문이라는 이름을 처음 접했다. 처음엔 이름 때문에 많이 웃기도 하고 어이없기도 했지만 그들의 힘과 능력에 대한 기록을 확인하고 나선 그런 이름을 쓸 만큼 자격을 갖췄을지도 모른다 생각했을 정도였다.

 '하지만 이미 두 번에 걸쳐 그들의 무림행은 무너졌다.'

 물론 정복문의 무림행을 막아낸 것은 관치의 사문인 평정문이었다. 평정문이란 이름도 정복문 못지않게 광오한 이름이기는 했지만 군림을 위한 정복과 평화를 위한 평정은 완전히 궤를 달리했다.

 '처음엔 수련을 나섰던 선배 한 명과 시비가 붙어 실패했다고 했던가? 하긴 그 기록은 그들의 말을 듣고 그런 일이 있었나 생각했다고 했지. 두 번째도 막으려고 그런 게 아니라 역시 우연히 부딪치는 바람에 그리됐다고 하던데……. 어찌 보면 정말 재수가 없는 놈들이기도 하네.'

 관치는 필생의 적도 아니고 그저 오가던 평정문 사람과 시비가 붙는 바람에 그들의 꿈이 두 번이나 망가졌다는 생각이 들자 웃기기도 하고 그들이 불쌍하기도 했다.

 사실 평정문의 뜻이 무림의 평화에 있기는 하지만, 조금 더 속을 들여다보면 일반적으로 협의를 외치는 백도 문파의 그것과는 많은 차이가 있었기 때문이다.

 건드리지만 않으면 뉘 집 개가 죽건 관심을 두지 않는 게 평정문이었다. 말 그대로 자신의 평화를 위해 거치적거리는 것을 치워버리는 곳이 평정문이라 보면 정확할 것이다.

 무인각에 남겨진 평정문의 역시는 겨우 2백 년 정도였지만 역사에 비해 파란만장하다고 할 정도로 복잡한 과정을 거쳐 온 문파였다.

 '크큭, 처음엔 정말 무림을 평정할 목적으로 만들어졌지.'

 관치는 힘 좀 있다고 설치고 다니는 무림인들을 싸잡아 없앨 생각에 개파했다는 문구를 떠올리며 웃음을 흘렸다. 평정문의 개파 조사에 대한 기록을 보면 가히 '악마'라 해도 부족함이 없을 정도였으니, 무림인들의 구분에 따르면 사파 중에서도 최고의 사파라 불러야 할 것이다.

하지만 그런 평정문이 2대 장문에 이르면서 협(俠)에 대한 가치관을 정립했고 3대에 이르러선 잘 먹고 잘 살자가 가치관의 완성형이 되어버렸다.

물론 개파부터 자리를 잡을 때까지 우여곡절이 많다 보니 각 세대마다 괴상한 짓을 많이 하게 되었고, 그 와중에 정복문과도 인연이 생긴 것이다.

'내가 사 대 장문의 자리를 이어받았으니 나도 새로운 가치관 하나 정도는 내세워야 하는 셈인가?'

관치는 사문에 대한 생각을 하다 말고 엉뚱한 결론을 내리기 시작했다.

'음… 현재 상태에선 이에는 이, 눈에는 눈이란 결론밖에 안 오는데……. 으음? 결국 본래 사문의 가치관과 별 차이가 없나?'

2백 년에 걸쳐 무림에 존재했으면서도 주류로 인정을 받거나 이름을 떨치지 못했던 사문이었다. 물론 일인전승이라는 명맥을 이어가기 아주 힘든 구조를 가지고 있어 이렇다 내세울 만한 것이 없었던 점도 이유였겠지만, 2대와 3대의 장문인들이 귀찮은 일을 질색해하고 자기 위주의 이기적인 성격이었기 때문이라는 점이 가장 큰 이유였을 것이다.

평정문의 대를 잇고는 있지만 평정문이라 나선 적이 손가락을 꼽을 정도니 알려지려야 알려질 수가 없었을 것이다.

1백 년 전 2대 장문을 지냈던 소운강은 마곤(魔棍)이라는 별호로 낭인 생활을 하고 몇몇 사람들에게 정체가 밝혀지기도 했지만 그 이후론 활동을 하지 않아 시간이 흐르면서 잊힌 사람이 되어버렸고, 3대 장문인은 사부와 양부 사이에서 죽을 고생을 하고 겨우 자리를 잡은 것이 뒷골목 해결사였으니 이 또한 평정문이란 이름과 연결고리를 찾으려 해도 거리가 구만리라고 해야 할 것이다.

 '나 역시 별반 차이가 없군. 기껏 하는 짓이 결국엔 해결사라니. 그런데 내가 소씨가 맞기는 한 건가 몰라. 아버지는 뭔 놈의 이름이 그렇게 많은지.'

 관치가 사문에 대한 추억에 잠시 빠져 있는 사이 계곡 안쪽에 황금 전장의 상단이 모습을 나타냈다. 별다른 위험이 없다 생각이 들자 보륜이 마중을 나간 모양이었다.

 "먼저 온 상단이 있기는 힙니다만, 마적이나 도적 떼의 흔적은 보이지 않습니다. 이곳에서 잠시 쉬어가도 될 것 같습니다."

 단주는 보륜의 말에 고개를 끄덕이더니 다른 사람들은 어디에 있냐고 물었다.

 "아, 함께 오신 게 아닙니까?"

 "남궁 공자가 출발을 하고 잠시 뒤에 두 분도 자리를 뜨셨습니다. 그리고 세 명 다 마중을 나오지 않으면 계곡에 들지 말고 대기하라는 지시를 받았죠."

계주생면(契酒生面) • 137

"그래요?"

보륜은 그런 일이 있었냐는 듯 고개를 갸웃거리다가 다시 입을 열었다.

"일단 문제는 없습니다. 휴식을 취하고 가도 상관없을 겁니다. 두 분은 다른 곳에서 경계라도 서고 있겠죠."

보륜은 모습을 감췄단 말에 당연히 그럴 것이라 생각했다.

"알겠습니다."

단주는 상단을 이끌고 물이 있는 쪽으로 이동을 시작했다.

스스로 공각 상단이라 말했던 이들은 보륜이 상단으로 보이는 자들과 다시 모습을 나타내자 어김없이 검을 뽑아들고 경계했다.

"흥! 그러면 그렇지. 네놈의 말이 헛소리임은 진즉에 알아봤다."

공각 상단의 호위들은 보륜을 바라보며 당장이라도 검을 날릴 듯 눈을 부라렸다.

"오해가 있었나 봅니다. 저분은 상단을 위해 정찰을 나왔던 것뿐이니 오해를 푸시기 바랍니다. 저는 황금 전장 연안 지부 상단의 곽청이라고 합니다."

공각 상단의 호위들은 황금 전장의 상단이라는 말에 주춤한 모습을 보였다.

"최근 들어 상단을 습격하는 자들이 많다 보니 이런 방법을 쓰게 되었습니다. 기분이 상하셨다면 사과를 드리겠습니다. 그런데 여러분들은 어느 상단분들이신지……."

 단주 곽청은 내가 보기엔 네놈들이 더 의심스럽단 표정을 지으며 포권을 취했다.

 그에 호위 무사 하나가 발끈한 표정으로 입을 열려는 순간 여인의 목소리가 뒤쪽에서 흘러나왔다.

 "황금 전장 상단의 연안 지부라면 곽개 님이 계시는 곳 아닌가요?"

 공각 상단의 막사 안에서 보륜에게 축객령을 내렸던 여인이 모습을 드러낸 것이다. 호위 무사들은 여전히 정중한 태도를 취하며 여인 주변을 보호했다.

 "그렇습니다. 소저는 어떻게 되시는지."

 곽청은 새외를 오가는 상단에 여인이 끼어 있자 의아한 표정을 지었다. 그것도 그저 평범한 여인이 아닌 상당히 높은 위치에 있는 것으로 보였기 때문이다. 상단에 여인이 없는 것은 아니었지만 직접적으로 상행을 다니는 곳은 전무하다고 봐야 했다.

 "저는 공각 상단의 태청아라고 합니다."

 '공각 상단?'

 곽청은 처음 들어보는 이름에 의아한 표정을 지었다.

 "녕하 북부에서만 활동하던 상단이라 잘 모르실 겁니다."

 "그렇습니까? 그런데 녕하 북부라면 이곳에서 상당히 먼 곳인데."

곽청은 어쩌다 이곳까지 상행을 나왔는지 모르겠다며 태청아를 바라봤다.

"최근 저희와 거래를 하던 상단들이 피해를 입고 상행을 멈추는 바람에 문제가 생겼습니다. 녕하에 들어오는 중원의 물품이 부족하다 보니 직접 나서게 된 것입니다."

"아, 그러셨군요."

곽청은 그제야 호위 무사들의 흉흉한 기세가 이해됐다는 듯 고개를 끄덕였다.

"사실은 저희도 그 일 때문에 조심을 하는 중입니다. 흉수가 밝혀지지 않은 상태라……."

곽청은 흉수의 정체를 모르는 그들이 상단으로 위장을 하고 있을지 누가 알겠냐는 듯 태청아를 바라봤다.

"저희도 그것 때문에 경계가 삼엄한 상태였습니다."

태청아는 곽청 일행을 여전히 신임할 수 없다는 태도를 보이며 황금 전장 상단의 규모를 살폈다.

"서로 간에 불편한 일이 생겨 봐야 얼굴만 붉힐 것이니 저희는 아래쪽에 자리를 잡겠습니다."

곽청은 공각 상단이라는 곳이 마적 떼로 돌변할 때를 대비해 계곡 입구 쪽에 자리를 잡을 생각이었다.

"아니요. 괜찮으시다면 함께 자리를 하시죠. 만에 하나 최근 기승을 부리고 있는 도적 떼가 나타난다고 해도 함께 힘을 합치면 막아내는 데 도움이 될 수 있지 않겠습니까?"

곽청은 오히려 힘을 합치는 게 어떻겠냐는 태청의 말에 잠시 머뭇거렸다. 황금 전장 오 집사가 보내온 사람 중 그나마 믿을 만한 2명이 자리를 비웠기 때문이다.

-그렇게 하십시오.

곽청은 선뜻 판단을 내리지 못하는 자신에게 익숙한 음성이 흘러들자 고개를 끄덕이며 태청의 말에 공감을 표했다.

"좋습니다. 서로 간에 도움을 줄 수 있다면 그보다 좋은 일이 어디 있겠습니까."

"호호호, 잘 생각하셨어요. 중원에 이름 높은 황금 전장이라면 크게 도움이 될 것입니다."

태청아는 부하들에게 황금 전장이 자리를 잡을 수 있도록 도와주라는 말을 남기고 다시 막사 쪽으로 들어가버렸다.

곽청은 갑자기 전음이 들려왔을 땐 자신도 모르게 움찔한 표정을 지을 뻔했지만 오랜 세월 상행을 하며 많은 사람들을 상대해온 경험을 살려 상황을 자연스럽게 넘길 수 있었다. 거기다 보이진 않지만 확실한 보호를 받고 있다는 생각이 들자 어느 정도 마음이 놓인 것이다.

'하긴 오 집사님이 허술한 자들을 보냈을 리가 없지.'

평소 오 집사의 능력과 선견지명에 큰 믿음을 가지고 있던 곽청이었다.

◈   ◈   ◈

"후후후, 일이 재미있게 돌아가는군. 결국 그래서 문제가 생겼던 것인가?"

봉태주는 황금 전장의 상단과 공각 상단이라는 곳이 함께 자리를 했다는 이야기에 의미를 알 수 없는 말을 흘렸다.

소주아는 봉태주의 말에 시선을 돌리더니 미소 띤 얼굴로 질문을 던졌다.

"태가의 가주께서는 공각 상단을 아시는가 봅니다."

"알다 뿐일까. 지금은……."

"지금은 용가에 속해 있지만 본래 정복문을 열었던 다섯 가문 중 수장에 해당하던 태가(太家)의 후예라고 말씀하려는 거겠죠?"

눈을 감고 있던 봉태주는 '이미 다 알고 있어요.'라고 말하는 소주아의 음성에 피식 웃음을 보였다.

"이미 알고 있었군."

"지금은 알고 있다고 하는 게 정확하겠죠."

"그렇다면 당시엔 전혀 모르고 있었단 말인가?"

"물론이죠. 정복문에 관련된 보고서가 작성돼 있는 것도 아니고 무슨 수로 알겠어요."

"그런데 어떻게 알게 된 거지?"

"당사자가 직접 신분을 밝혔다고 하더군요."

소주아의 말에 봉태주는 물론 용문진과 호태얼까지 얼굴색이 변했다. 분명히 이야기는 현재가 아닌 과거형이었다.

그리고 그 과거도 겨우 몇 달 전이 아닌가 말이다. 태청아가 미치지 않고서야 어찌 스스로 신분을 드러냈단 말인가.

"다들 궁금한 눈치시군요. 들어보시면 알게 될 겁니다. 아, 그리고 용가의 가주께서 당문을 공격했을 때 말입니다."

용문진은 직접적으로 자신을 지적하며 당문 혈사를 언급하는 소주아의 말에 다시 표정이 굳어졌다.

"그쪽의 부하가 보고를 했을 거예요."

"무슨 말을 하는 것이오?"

"소민 언니가 목숨을 잃었다고 말이죠."

용문진의 시선이 관 위에 앉아 조용히 이야기를 듣고 있던 손소민에게 향했다.

"그런데 그게 아니라고 하더군요."

계속되는 소주아의 말에 용문진의 표정이 복잡하게 엉켜 갔다. 스스로 자신의 이름을 손소민이라고 밝혔을 때부터 설마 하던 마음을 가지고 있던 용문진이었다. 그런데 소주아의 말대로라면 당시 손소민은 절대 죽지 않았단 의미가 아닌가.

'저기 앉아 있는 손소민이 정말 손소민이란 말인가?'

용문진은 자신도 모르게 잘게 입술을 깨물었다.

소주아의 말에 봉태주가 다시 입을 열었다.

"용문진, 그녀는 죽었다고 하지 않았나?"

"물론입니다. 분명히 수하의 보고에 따르면……."

"보고라. 하지만 절대 죽여선 안 되는 사람이었다."

"사고로 그리되었다고 들었습니다."

연방 변명을 해대는 용문진의 태도에 감고 있던 봉태주의 눈이 반개하며 손소민 쪽으로 고개가 돌아갔다.

"그대에게 묻겠소."

"네, 그렇게 하세요."

"그대는 분명히 손소민이 아니오."

"그런가요?"

"만약 그대가 손소민이라면, 정말 그녀라면 내가 이곳에 온 순간 그렇게 태연할 수 없기 때문이오."

손소민은 봉태주의 말에 눈빛이 흔들렸다. 하늘이 무너져도 여유를 잃지 않고 언제나 그 자리에 있을 것 같던 손소민의 얼굴에 처음으로 당황한 기색이 드러난 것이다.

그리고 그녀의 변화에 가장 민감하게 반응을 한 것은 연방 정체를 의심하던 임표표였다.

"역시 그렇군."

임표표는 묘한 미소를 보이며 손소민을 바라봤다. 그러나 변화는 잠시였을 뿐 손소민은 본래 자신의 얼굴로 돌아왔다.

"당신은 무슨 근거로 그런 말을 하는 겁니까?"

"그대가 손소민이라면 태중혼약을 한 나와의 약속을 모를 리 없기 때문이지. 그리고 그녀는 당신처럼 감정을 감추거나 표정을 관리하는 데 연연해하지 않는 사람이다."

쿵!

봉태주의 돌발 선언에 객잔 안은 벼락이라도 내리친 듯 사람들의 몸이 그대로 굳어버렸다. 이 무슨 황당한 소리란 말인가.

"훗, 당신에게는 태중혼약이라고 말할 수도 있겠죠. 하지만 오래전에 파혼이 되었다는 것 역시 알고 있지 않나요?"

꿈틀.

이번엔 봉태주의 표정이 기이하게 뒤틀렸다.

"난 여전히 감정을 감추지 않아요. 단지 당신이 나타났다 해서 감정을 드러낼 이유가 없었을 뿐이죠. 이미 많은 세월이 흘렀지 않나요."

손소민은 작게 고개를 저으며 봉태주의 말을 부인해버렸다.

"가문의 약속이었다. 개인의 힘으로 파기할 수 있는 그런 성질은 아니지."

봉태주는 파기에 합의한 적이 없다는 듯 고개를 저어버렸다.

"계주생면(契酒生面)이라고 하죠. 당신의 것이 아님이 분명한데 소유하려 들지 말았으면 좋겠군요."

"클클클, 관치 그자가 집을 나간 이유가 손소민, 아니 태소민이라고 해야겠군. 소가장을 감시하던 원수의 딸 때문에 정신줄을 놓았다고 하더니. 정말이었나 보군."

"필요 없는 말까지 늘어놓는 걸 보니 자존심이 상했나 보군요."

손소민은 봉태주의 입에서 언급되어선 안 될 말이 흘러나오자 아미를 찡그렸다.

"백 년의 한을 풀고자 세상에 나오던 날, 당신을 만나러 죽산 무관까지 단숨에 달려갔다."

"그랬군요."

"후후후, 망부석이 되어 있더군."

"……."

"자신의 짝을 찾아왔는데 내가 아닌 다른 사람을 그리는 여인의 모습이라……."

봉태주는 그날의 분노를 도저히 잊을 수 없다는 듯 주먹을 움켜쥐었다.

"이미 지나간 과거일 뿐, 이제 와 이야기를……."

"그런데 말이야, 역시 당신은 그녀가 아니야."

봉태주는 다들 자신의 말에 정신을 놓고 있는 사이 번개처럼 몸을 움직여 손소민의 마혈을 제압해버렸다.

"아!"

"이놈!"

"뭐 하는 짓이냐!"

객잔 안의 사람들은 봉태주의 갑작스런 행동에 다급히 무기를 빼들었다.

"후후후, 모두들 잊은 것인가? 관치 그자가 내세운 규칙은 여전히 유효하다."

"그것을 아는 자가 여인에게 손을 쓴단 말인가!"

조성은은 관치의 여인이 봉태주 손에 놓이게 되자 당장 전쟁이라도 벌일 듯 무시무시한 표정을 지었다.

"내가 말했을 것이오. 그녀는 결코 감정을 숨기거나 표정을 관리하는 데 심력을 낭비하지 않을 것이라고."

봉태주는 손소민의 얼굴에 손을 가져다 대더니 그대로 안면을 잡아뜯었다.

"으어억!"

"허억!"

사람들은 얼굴 가죽을 벗겨 내듯 거침없이 손소민의 얼굴을 찢어버리는 봉태수의 행동에 헛바람을 들이켰다. 그러나 핏물은 고사하고 비명 소리 하나 들리지 않자 의아한 표정이 되어버렸다.

봉태주는 손에 들린 인피면구를 허공에 집어 던지더니 스스로 손소민이라 말했던 여인의 마혈을 풀어주었다.

"너는 누구냐?"

봉태주는 마혈이 풀리자 급히 얼굴을 가리는 여인을 향해 버럭 소리를 지르며 무시무시한 기운을 쏟아냈다.

"그, 그만!"

여인은 더 이상 버틸 수 없다는 듯 손을 들어올렸고 그녀를 압박해가던 봉태주 역시 끝까지 압박할 생각이 없다는 듯 자신의 자리로 돌아와버렸다.

"계주생면라 했나? 지켜야 할 사람은 내가 아닌 당신인 것 같군. 감히 그녀의 흉내를 내다니. 관치 그자의 규칙만 아니었다면 단숨에 숨을 끊었을 것이다."

봉태주는 태소민이 아닌 다른 누군가가 그녀의 역할을 하고 있다는 사실에 크게 분노한 듯했다.

그때 면구가 벗겨진 여인을 바라보고 있던 제갈선의 표정이 급변하더니 당장 몸을 일으켜 자칭 손소민이라 외치던 여인에게 달려갔다.

"현선아, 이게 어떻게 된 일이냐!"

제갈선의 외침에 객잔 안에 있던 사람들은 또다시 놀람을 금치 못하며 제갈선과 자칭 손소빈을 번갈아 바라봤다.

"제갈 가주님, 그게 무슨 말씀이십니까?"

사람들은 뭐가 어떻게 돌아가는지 모르겠다며 어리둥절한 표정을 지었다.

"아버님, 그동안 강녕하셨습니까. 현선이 인사 올립니다."

결국 여인의 입에서 손소민이 아닌 제갈가의 둘째 딸 현선임을 인정하는 음성이 흘러나왔다.

제6장. 건목수생(乾木水生)

건목수생(乾木水生)

-마른나무에서 물이 난다는 뜻으로,

아무것도 없는 사람에게 무엇인가를 내놓으라고 하는 것

"제갈현선이라. 관치 그자를 쫓아다니던 제갈가의 둘째란 말이지."

봉태주는 손소민의 정체가 밝혀지자 의미심장한 미소를 지었다.

"흥, 무슨 수를 썼는진 모르겠지만 재주가 좋군요."

현선은 정체가 드러나자 그동안 보였던 태도와 달리 이야기 속의 현선처럼 톡톡 튀는 말투를 선보였다.

"그렇지 않아도 답답했는데 덕분에 편해졌으니 고맙다고 해두죠."

"후후후, 계집, 함부로 떠들지 마라. 감히 그녀의 역할을 자청하다니 주제에 용기가 가상했다고 해두지. 말해봐라.

태소민 그녀는 어디에 있지?"

"어디에 있냐니요? 이미 모두들 알고 있지 않나요?"

"무슨 의미냐?"

"그분은 당문 혈사 때 유명을 달리했다고 이야기하던데. 아닌가요?"

현선은 이미 다 아는 사실을 왜 다시 물어보냐는 듯 콧방귀를 뀌었다.

"그래? 하지만 관치 그자는 그렇게 생각지 않는 것 같은데 말이야."

봉태주는 소주아를 바라보며 그렇지 않냐는 눈빛을 날렸다.

"이야기는 이야기일 뿐, 너무 집중하지 말라고 하지 않던가요?"

소주아는 앞서 이야기했던 관치가 입에 달고 있던 말을 재차 반복하며 봉태주를 바라봤다.

"크하하하하! 그래, 이야기하는 놈들이 모두 그 말을 입에 달고 있더군."

봉태주는 믿고 안 믿고는 당사자 마음이라며 미소를 보이는 소주아의 태도에 대소를 터트렸다. 웃음에 기운이 실렸는지 객잔 전체가 흔들거리더니 곳곳에서 먼지가 솟구쳤다.

"좋아, 그런 식이라 이거지."

"그래요, 이런 식이죠. 그러니 일단 이야기를 들어봐야 어떻게 된 일인지 알 수 있지 않겠어요?"

소주아는 아직 들려주지도 않은 이야기 때문에 이러쿵저러쿵 문제를 만드는 것은 의미가 없다는 듯 봉태주를 바라봤다.

"그래, 들어보지. 관치 그자가 무슨 짓을 하고 다녔는지 확실히 들어주지! 단, 이야기가 끝나는 시점이 되면 모두들 각오를 하는 게 좋을 거야. 사실 요 며칠 동안 정말 많이 참고 있거든."

"당연하겠죠. 하지만 이십 년 넘게 참아온 사람도 있는데 이삼 일 정도로 참았다고 이야기하기엔 가소로워 보이는군요."

"……!"

봉태주는 20년을 넘게 참았다는 말에 벼락이라도 맞은 듯 몸을 부르르 떨었다. 단순히 생각하면 관치가 20년 넘게 갇혀 있었다는 것을 이야기하는 것 같지만, 조금만 달리 생각하면 그 20년이 이날을 위해 필요했다는 말도 될 수 있었기 때문이다.

"잠시 차 한 잔 마시고 다시 시작하기로 해요."

소주아는 봉태주의 반응에 재미있다는 표정을 짓더니 잔에 찻물을 따랐다.

손소민이 봉태주와 태중혼 상태였다는 말은 정복문 사람

들에게도 충격을 준 것 같았다. 특히 실수로 그녀를 죽이고 말았다던 용문진의 얼굴은 죽은 시체처럼 완전히 핏기가 사라져 버렸다.

 용가에 흡수된 태가였기에 소모품 정도로 생각했던 용문진이었다. 그런데 문(門)을 장악하고 있는 태가와 암중 관계였다니, 그것도 단순한 협력 관계가 아니라 피를 섞을 정도로 강력한 동맹 관계였다면 이미 용가는 미래를 향한 싸움에서 지고 있는 것이나 마찬가지였다.

 '내가 대사형의 여인을 죽음으로 몰아넣었다는 건 모두가 아는 사실이다. 이번 무림행이 마무리되면… 태가는 우리 용가를……'

 용문진은 머릿속이 복잡해지며 뒤통수가 지끈거렸다. 문의 무림 정복이 마무리되면 용가는 척결 대상 1호가 될 수도 있는 상황이 벌어진 것이다.

 '거기다 정략혼 이상의 감정이 섞여 있다. 단순히 실수로 치부하기엔 일이 너무 커져 버린 것인가!'

 용문진은 자신을 바라보며 실실 웃음을 날리는 호태얼의 얼굴에 도끼라도 날려 버리고 싶었지만 핏줄이 송송 솟구쳐 오른 대사형의 목줄기 때문에 어떤 행동도 할 수가 없었다.

 '아니지, 태소민이 살아 있을 수도 있다고 했다. 관치 그놈이 그렇게 생각한다면 정말 그럴 수도 있는 일 아닌가. 하지만 분명히 수하들 말로는 검에 맞고 숨을 거뒀다고 했는

데……. 젠장, 도대체 누가 거짓말을 하는 거냐!'

용문진은 앞뒤가 맞지 않은 지금의 사태에 속이 바짝바짝 타들어갔다. 그러나 관치가 내세운 조건과 규칙에 별다른 항의 없이 장로들의 뜻에 따르던 대사형의 기묘한 태도. 그 이유가 어느 정도 납득이 되기 시작했다.

'관치 그자가 가져온 조건이 마음에 든 것이 아니라 관치 그자와 겨루는 것 자체를 목적으로 했던 것인가!'

용문진은 자신이나 호태얼보다 더 열성적으로 관치를 찾아다니던 대사형의 모습이 결코 문의 승리만을 위한 것이 아니었음을 깨달은 것이다.

'빌어먹을, 우리 용가에게 귀속되었으면 용가를 위해 헌신할 것이지, 다른 가문 모르게 봉가와 손을 잡아? 태중혼을 기점으로 잡는다 해도 대사형의 나이를 생각하면 최소한 사십 년 전부터 우리 용가를 배신했다는 뜻이 아닌가!'

태가의 예상치 못한 배신에 용문진의 마음은 태가에 대한 분노와, 태소민의 죽음에 기민하게 반응하는 봉태주의 분노를 보며 걱정과 두려움을 느껴야 했다.

-현선아, 이게 어찌 된 일이냐?

제갈선은 손소민이라는 여인이 자신의 딸이라곤 상상할 수도 없었기에 일이 어떻게 흘러가고 있는지 묻지 않을 수 없었다.

-소장님 뜻이었습니다.

-그게 무슨 말이냐? 소 소장이 너에게 이런 위험한 일을 시키다니!

-시키다니요! 제가 자청한 거예요.

제갈현선은 엉뚱한 소리 하지 말라며 아버지 제갈선을 바라봤다.

-소 소장의 뜻이었다고 하지 않았느냐?

-내가 하는 걸 바랐다는 뜻이 아니라 손소민이 있어야 한다고 했다는 말이에요. 다른 사람이 그 역할을 하는 것보다 제가 직접 나서는 게 더 좋다고 생각했어요.

-휴, 도대체 뭐가 뭔지……. 소 소장은 어디에 있는 거냐?

-그걸 제가 어떻게 알겠어요. 무당행이 결정된 후로 한 번도 보지 못했어요.

-무당에 오긴 오는 것이냐?

-당연히 그러시겠죠. 지금껏 이야기를 들었으면 대충 감을 잡으셨을 것 아니에요.

제갈현선은 뭐가 어떻게 돌아가는지 정말 몰라서 묻는 거냐며 제갈선을 바라봤다.

-정복문이란 곳에서 무림을 삼키려고 한다는 것 정도는 이미 파악했다. 물론 그 와중에 제일흥신소가 이 일에 뛰어들었고 말이다.

-저도 많은 걸 알지 못해요.

-무슨 소리냐? 제일흥신소 직원도 모른다니.

-저 잘린 거 모르세요?

-뭐? 그럼 그 이야기가 전부 사실이라는 소리냐?

-제가 아는 부분에선 그런 셈이죠.

-이 녀석아, 그런데 왜 이런 위험한 일에 자청을 해!

제갈선은 자존심도 없냐는 듯 음성에 노기가 섞였다.

-그러는 아버지는 여기 왜 오신 건데요?

-나, 나야……

제갈현선은 선뜻 대답을 하지 못하는 아버지의 모습에 고개를 저어버렸다.

-아버지도 아는 게 없으신 거죠?

-쩝, 아직까지는…….

-저도 마찬가지예요. 지시받은 사항을 제외하곤 이야기꾼에게 의지하란 말만 늘었어요.

-이야기꾼에게?

제갈선은 관치 쪽을 슬쩍 바라보더니 다시 전음을 날렸다.

-그렇지 않아도 저 관치라는 자, 의심 덩어리다.

-네, 제가 보기에도 그래요. 어쩌면 저 이야기꾼이 소장님이 아닐까요?

제갈현선은 이 상황에 가장 관치에 근접한 사람을 찾으라면 당연히 이야기꾼 관치라고 생각했다. 객잔에 도착하기 전까진 그저 그런 이야기꾼이었지만 정복문의 사람들이 나타난 뒤론 완전히 다른 사람처럼 행동하기 시작한 것이다.

-그런데 저 정복문이라는 곳과 소 소장이 뭔가 규칙을 정한 것 같던데, 그게 뭔지 아는 게 없느냐?

-저도 거기까지는 모르겠어요. 하지만 소장님을 찾는 게 저들의 목표인 것만은 확실해 보여요. 규약에 의해 선언을 하라는 말, 어쩌면 소장님을 찾았다고 선언하라는 말 아닐까요?

현선은 자신이 생각한 부분을 이야기했다.

-내 생각에도 그 말이 맞는 것 같다만, 소 소장을 찾았다 선언하는 것과 지금 이 난리 통이 무슨 연관이 있는지 모르겠단 말이다.

-저도 그게 좀……. 혹시 저 없는 사이 세가나 무림맹에 무슨 일 생기지 않았나요?

-일? 딱히 일이라고까지야. 아! 한 가지 일이 생기긴 했다.

-그게 뭔가요?

-맹주가 선출되었다.

-네?

제갈현선은 여러 문파의 협의체 성격을 띠던 무림맹이 대표를 선출했다는 말에 의아한 표정을 지었다.

-누가 맹주가 된 거죠? 각파 장로들을 생각하면 쉬운 일이 아니었을 텐데요.

-무당 장문인이 초대 맹주로 선출되었다. 아직까지는 정식으로 발표가 되지는 않았지.
　-아! 그래서 모두 무당으로 향하고 있었군요.
　제갈현선은 무림인들이 왜 무당으로 몰려드는지 이제야 이유를 알았다며 고개를 끄덕였다.
　-그런 셈이지. 하지만 나와 남궁가주는 다른 이유로 무당에 가는 중이다.
　-다른 이유라뇨?
　-그게 좀 괴팍한 인간 하나가 있는데… 그 인간이 무당에서 보자고 하는 바람에.
　-괴팍한 인간이라면 누굴 말씀하시는 건지…….
　제갈현선은 특정 이유를 든 것도 아니고 단순히 무당에서 보자는 말에 수행원도 없이 급히 달려왔다는 말을 듣곤 더욱 의아한 표성이 되었다.
　-제일흥신소 초대 소장이다. 그냥 그렇게 연락이 왔을 뿐, 이유는 전혀 알려 오질 않아서 더 이상은 나도 모르겠다.
　제갈현선은 제일흥신소의 초대 소장의 요청이었단 말에 눈만 깜빡거렸다. 과거 남궁 가주와 자신의 아버지가 존경하면서도 무섭다고 말하던 사람이 바로 제일흥신소 초대 소장이었다. 그리고 자신이 따르고 있는 무한 제일흥신소 소장, 소관치의 아버지가 바로 초대 소장이 아니던가. 베일에 싸여 있던 야사(夜事)의 주인공이 드디어 등장을 한 것이다.

남궁철은 제갈선과 제갈현선이 서로를 바라보고 있자 뭔가 대화가 오고감을 느꼈지만, 다른 이들의 이목 때문에 선뜻 말을 걸지 못하다가 두 사람 사이에 잠시 틈이 생긴 듯하자 곧바로 전음을 날렸다.

 -현선아, 혹시 보륜이는 어찌 되었는지 알고 있느냐?

 -아, 남궁 가주님. 그건 저도 잘 모르겠습니다. 각자 임무가 주어지긴 했지만 그것이 어떤 임무인지, 또 어디로 향하는지는 알 수가 없었습니다.

 -그래……. 별일 없겠지?

 -당연하죠. 너무 걱정하지 마세요. 남궁 후배 보기완 다르게 적응력이 굉장하더라구요.

 남궁철은 현선 역시 보륜이 어디 있는지 모른다 대답하자 안타까운 표정을 지었지만, 당연히 아무 일도 없을 거라는 말에 그나마 안도의 한숨을 내쉬었다.

 -소 소저가 다시 이야기를 시작하네요. 일단 상황을 지켜보는 게 좋을 것 같습니다.

 제갈현선은 한동안 차를 마시며 시간을 보내고 있던 소주아가 다시 입을 열자 전음을 끝내야 했다.

"전음들은 잘 나누셨나요?"

 소주아의 첫마디는 이야기가 아닌 질문으로 시작되었다. 두 가문의 가주와 제갈현선, 그리고 정복문의 사람들까지 소주아의 말에 움찔한 표정을 지었다. 잠깐 사이의 휴식이었지만 다들 자신들만의 대화를 나누고 있었던 것이다.

"더 시간을 드리고 싶지만 아직 해야 할 이야기가 많이 남아서요. 괜찮다면 다시 오라버니 이야기로 돌아가고 싶은데……."

소주아는 다시 본래 분위기로 돌아가야 하지 않겠냐며 사람들을 바라봤다.

"그럼요, 당연히 들어야죠. 이젠 이 이야기가 왜 필요한 건지 알기 위해서라도 들어야 할 것 같습니다."

진하석과 표사들은 연방 고개를 끄덕이며 소주아를 바라봤다.

"정복문은 어떠신가요?"

"듣기 싫다고 해서 하지 않을 것도 아니지 않나?"

호태일은 요식행위나 다름없는 질문을 왜 하는지 모르겠다며 소주아를 바라봤다.

"물론이죠. 듣기 싫으면 그냥 자리를 뜨시면 됩니다."

"때가 오면 그렇게 하지."

소주아는 정복문 역시 이야기를 경청하겠다 하자 살포시 미소를 지으며 다시 관치의 이야기를 들려주기 시작했다.

◈　◈　◈

흙과 돌로 이루어진 초원 경계의 계곡은 식사 준비를 하는 사람들로 북적거리기 시작했다. 초원을 지나는 동안 물을 아끼기 위해 육포로 연명하다시피 한 상단이었기에 물이 풍성한 계곡은 진수성찬이라 불러도 충분할 만큼 음식을 만들어 먹을 수 있게 된 것이다.

물론 집에서 먹는 음식에 비한다면 손색이 많긴 했지만 딱딱한 육포와 비할 바가 아니었다.

"곽청 단주님을 뵙고 싶습니다."

공각 상단의 호위 무사 하나가 용무가 있다며 말을 건네왔다.

"단주님은 막사에 계십니다. 전해드릴까요?"

"아, 네. 저희 아가씨께서 식사에 초대를 하셨습니다."

"잠시만 기다려 주십시오."

황금 전장의 호위 무사는 공각 상단에서 식사 초대를 했다는 말에 막사 쪽으로 걸음을 옮겼다.

"단주님, 공각 상단에서 식사 초대를 해왔습니다. 어떻게 하시겠습니까?"

곽청은 예고도 없이 초대를 해온 공각 상단의 행동에 불편한 표정을 지었다. 상대를 완전히 신임할 수 없는 상황에서 위험한 일을 당할지도 모르는 곳에 걸음을 옮길 수 없었기 때문이다. 그러나 이렇다 할 명분 없이 호의를 무시할 수도 없는 일이었기에 한숨이 나왔다. 곽청은 그저 지부의 존폐를 결정지을 수 있는 이번 상행이 아무런 문제 없이 잘 끝나기를 바랄 뿐이었다.
"남궁 공자를 모셔 오거라. 함께 가보겠다."
"알겠습니다."
호위 무사는 곽청의 명에 따라 곧바로 남궁보륜에게 찾아갔다.
"그래요? 당연히 함께 가야죠."
보륜은 공각 상단의 여인에게 호기심을 느낀 상태였기 때문에 호위 무사의 부탁에 고개를 끄덕였다.
공각 상단의 호위 무사는 곽청과 남궁보륜이 함께 나타나자 표정이 불편해졌다.
"아가씨께서는 단주님만 초대를 하셨습니다."
"식사 초대라고 들었는데 다른 이유가 더 있는 것이었습니까?"
곽청은 내가 왜 혼자서 거길 가야 하는지 모르겠다며 오히려 따져 물었다.
"잠시만 기다려 주십시오. 아가씨께 다녀오겠습니다."
"얼마나 대단한 식사인지는 모르겠지만 이런 식의 초대는 응하고 싶지 않소."
곽청은 오히려 잘됐다 싶어 호위 무사에게 가지 않겠다 이야기해버렸다.
호위 무사는 단번에 거절을 해버리는 곽청의 태도에 입술이 실룩거렸지만 다른 행동을 취하지는 못했다.

'생각보다 고지식한 성격이로군.'

곽청은 적당히 상황을 풀어갈 수 있는 일에 하나에서 열까지 모두 허락을 받으려는 호위 무사를 보며 공각 상단에 대한 평가를 더욱 낮게 보기 시작했다. 무인 집단도 아니고 장사를 하는 상인에 속한 사람들이 이 정도 태도를 보일 정도면 그 상관이 어떤 식으로 일을 처리하고 상단을 운영하는지 훤히 보였기 때문이다.

'공각 상단의 주인은 상당히 권위적인 성격이겠군. 그런 성격으로 상인을 자처하다니 미래가 보이는 상단이로다.'

곽청은 초대에 응한 김에 공각 상단이라는 곳과 안면을 트고 차후 도움이 될 일이 있으면 서로 돕자며 의견을 나눌 생각을 일부 가지고 있었지만 호위 무사의 태도에 완전히 마음을 비워버렸다. 이런 상단은 사건 사고가 많아 함께 거래를 했다간 득보다 실이 많을 게 분명했다.

곽청은 더 이상 할 말이 없다는 듯 보륜을 데리고 다시 막사로 돌아가버렸다.

"단주님, 그냥 이렇게 돌아가도 괜찮은 겁니까?"

보륜은 괜히 상대를 자극하는 게 아니냐며 걱정 섞인 표정을 지었다.

"아니요, 오히려 도발을 한 것은 공각 상단이오. 그들이 어떤 방식으로 일을 해왔는진 모르겠지만 저렇게 고지식한 호위에게 일을 지시하는 주인이라면 이미 융통성이 없는 사람이라 할 것이오. 거기다 분명히 서로의 이견 때문에 일이 성사되지 못했음에도 그 호위 무사는 이를 가는 표정이라니. 행여 인연을 맺는다 해도 차후 골칫거리가 될 소지가 많은 것 같소."

보륜은 곽청의 말에 고개를 끄덕이더니 다시 말을 이었다.

"공각 상단의 아가씨란 여인이 자존심이 세 보이던데 분명히 다시 연락이 올 것입니다."

"나도 그럴 것이라 생각합니다. 자존심이 있는 자라면 예의를 갖출 줄도 알 것이고 여전히 그것을 모르는 자라면 상종할 이유가 없습니다."

단호한 음성으로 대답하는 곽청의 모습에 보륜은 나름 느끼는 바가 많아 고개를 끄덕였다. 변방 지부의 상단이라곤 하나 실익을 따지는 데 기치가 없었다. 그러니 무림 세가에서 자라온 보륜이 보기엔 곽청의 그런 성격 때문에 승급을 하지 못하고 변방에 머무는 게 아는가 하는 생각이 들었다. 공각 상단을 보며 고지식하다 했지만 보륜이 보기엔 곽청 역시 별반 다르지 않았기 때문이다.

"그래? 겨우 변방 지부의 단주 따위가 겁이 없구나."

태청아는 부하의 보고에 미간을 찡그렸다. 거부의 말을 들어본 적이 없는 그녀였기에 곽청의 태도는 태청아의 감정을 크게 건드린 것이다.

"가서 전해라. 서로 필요한 것은 나누어 도움이 되는 게 있을지 찾고 싶다고. 만에 하나 이번에도 거부를 한다면 본래대로 일을 추진해라."

"존명!"

무사는 태청아의 말에 허리를 숙여 보이더니 곧바로 곽청의 막사를 찾아갔다.

"곽 단주를 찾아왔소."

막사 앞을 지키고 있던 상단 무사는 조금 전 잔뜩 인상을 쓴 채 돌아갔던 공각 상단의 무사가 다시 나타나자 곧바로 입을 열었다. 이미 이런 때를 대비해 어떤 말을 해야 할지 지시를 받은 것이다.

"식사 중이십니다."

"그게 무슨 말이오?"

"말 그대로 식사 중이십니다."

"우리 아가씨가 초대를 했다는 걸 알면서도 먼저 식사를 시작했다는 말이오?"

"방금 초대에 응하지 않겠다 하신 걸로 들었습니다만."

무사는 함께 들었으면서 벌써 잊었냐는 듯 공각 상단의 무사를 바라봤다.

"좋소. 단주에게 전하시오. 아가씨께서 서로 필요한 것이 있으면 나누고 싶다 하셨소. 호위를 대동해도 무관하니 초대에 응해주셨으면 좋겠소."

막사 앞을 지키고 있던 무사는 대충 고개를 끄덕이더니 곽청에게 공각 상단의 말을 전했다.

"일단 양보를 한 모양이군. 남궁 공자, 동행해주십시오."

"네, 그렇게 하죠. 그런데 이렇게 감정적으로 대응할 필요가 있습니까?"

"하하하! 남궁 공자, 이건 감정적인 게 아닙니다. 상단 사이에 초대를 하고 그것에 응하는 것은 그저 얼굴이나 보고 차나 마시자는 의미가 아닙니다. 각자 가진 걸 가지고 이윤을 얻고자 할 때 하는 행위지요."

"아, 그렇습니까?"

곽청은 웃음을 보이며 고개를 끄덕이더니 막사를 나섰다.

'뭐야. 그러니까 이 말 저 말 모조리 조금 더 이득 보겠다고 하는 짓이란 말이야?'

상행위 자체에 개념이 약한 남궁보륜은 뭘 그리 복잡하게 생각하는지 모르겠다며 고개를 젓더니 곽청의 뒤를 따라 나섰다. 그가 볼 때는 솔직하게 이야기하고 필요한 것이 있으면 돈을 주고 구입하면 그만이라고 생각했기 때문이다. 물건을 구입할 때 흥정이라는 기본 요소를 한 번도 고민해본 적이 없는 세가의 자식다운 생각이었다.

"초대에 응해주셔서 감사합니다."

"별말씀을 다 하십니다. 오히려 제가 영광입니다."

태청아와 곽청은 언제 구시렁거렸느냐는 듯 밝게 웃는 모습으로 서로를 맞이했다.

'이게 뭐 하는 짓이지?'

보륜은 썰렁할 거라 예상했던 대면식이 오래전부터 알고 지낸 사이처럼 화기애애하게 흘러가자 '이것이 상인들인가?' 하는 생각이 들었다. 보이는 그대로 가진 능력 그대로 우선순위가 주어지는 무림과 달리, 말 한마디 한마디가 향기 품은 독초처럼 진위를 분별하기가 어려웠던 것이다.

물론 연륜 있는 무림인들이라면 노련한 상인들 못지않게 사태 파악이 빠르지만, 세가의 보호 아래 무공이 전부라 생각했던 보륜에겐 헷갈릴 수밖에 없는 분위기였다.

태청아와 곽청의 대화는 본래 그렇게 하기로 약속이라도 되었던 것처럼 굉장히 자연스럽게 흘러갔다.

"그렇군요. 이렇게 공교로울 데가."

태청아는 운이 따르지 않고서는 있을 수 없는 일이라며 연방 밝은 웃음을 터트렸다.

"아니, 그렇다면 공각 상단은 말을 팔기 위해서 가던 길이라, 이 말입니까?"

"네. 본래 지금쯤이면 모든 거래가 끝나고 휴식기에 들어가야 하지만 매년 찾아오던 상단들이 모습을 드러내지 않아 직접 움직이게 된 겁니다."

곽청은 자신이 필요로 하는 말을 팔고자 이동 중이었다니 이렇게 반가울 수가 없었다. 거기다 양도 일부 가지고 있다 하지 않은가.

하지만 아무리 필요한 물건이라도 무턱대로 잡을 수는 없는 일이었다.

"필요한 물목이긴 하지만 저희가 거래하는 상단이 있어놔서……."

곽청은 안타깝다는 듯 말끝을 흐렸다.

"아, 그래요? 그동안 어떤 상단과 거래를 해오셨는지……."

태청아는 아쉽다는 듯 거래 상단이 어디인지를 물어왔다.

"녕하에서 상단을 꾸리고 계시면 많이 들어보셨을 것입니다. 보령 상단이라고……."

"네? 보령 상단과 거래를 해오셨다구요?"

태청아는 이 역시 놀랍다는 듯 목소리를 키웠다.

"왜 그러시는지……."

"저희가 직접 말과 양을 이끌고 나온 이유가 보령 상단 때문입니다. 본래 저희는 상행을 다니는 상단이 아닙니다. 중원과 새외를 오가는 보령 상단에게 물목을 넘겨 왔기 때문에 그럴 이유가 없었죠. 그런데 얼마 전 보령 상단이 서역을 넘는 과정에 규모가 큰 마적 떼를 만나면서 문제가 생겼습니다."

"네? 보령 상단이 마적에게 당했단 말입니까?"

곽청은 처음 듣는 소식이라며 놀라는 표정을 지었다.

"중원엔 아직 소식이 들어가지 않았나 보군요. 한 달도 되지 않았습니다."

곽청은 태청아의 말에 머리가 지끈거렸다. 황금 전장의 상단은 물론 다른 상단까지 공격을 받은 것이 바로 이 시점이었기 때문이다.

'정말 운이 좋은 건가. 만에 하나 이들을 만나지 못하고 지나쳤다면 헛걸음을 칠 뻔했구나.'

곽청은 이쯤에서 가격 협상을 해봐야겠다는 생각이 들자 목소리가 낮게 깔렸다.

"마리당 어느 정도 금액에 넘기실 생각이었습니까?"

"녕하 북쪽에서라면 거래하던 금액대로 넘겼겠지만 이미 상행을 나온 터라 물류비 정도는 더 받을 생각입니다."

"그 정도는 당연한 일이죠. 그래도 초원을 건너기 전 아닙니까. 적당한 가격을 불러주시죠."

"본래 중원에 들어가면 말은 필당 금 두 냥은 받아야 하고 양은 은 일곱 냥은 받을 생각이었습니다. 하지만 중간에서 물건을 넘겨야 한다면……"

"말은 한 필당 금 한 냥에 은자 열 냥. 양은 은자 여섯 냥이면 어떻겠습니까? 공각 상단에서도 손해나는 장사는 아닌 것 같은데 말입니다."

"그 정도 가격이면 저희도 불만은 없지만… 어느 정도 수

용이 가능하시겠습니까?"

"말과 양이 얼마나 있으신 겁니까?"

"말은 오백 필을 가지고 있고, 양은 삼백 마리 조금 넘겠군요."

"아! 그 정도면 저희가 전량 구매 가능합니다. 양의 숫자가 좀 부족하긴 하지만 딱히 문제가 될 정도는 아니니 거래를 하시는 게 어떻겠습니까?"

"전량 구매가 가능하다는 말씀인가요?"

"물론입니다."

"황금 전장의 능력이 대단하다곤 들었지만 단일 상단이 이 정도 물량을 한 번에 소화할 수 있을 줄은 생각지 못했습니다."

태청아는 놀랍다는 듯 곽청을 바라봤다. 곽청은 황금 전장을 높이 사는 대청이의 말에 기분이 더욱 흡족해졌다.

'어라, 뭔가 이상하게 돌아가네. 여기서 거래가 끝나버리면 녕하 깊숙이 들어갈 이유가 없어진 건가?'

옆에서 이야기를 듣고 있던 보륜은 이게 잘된 일인지 잘못된 일인지 가늠이 되지 않아 어리둥절한 표정이 되었다.

"일단 말의 상태를 볼 수 있겠습니까?"

"물론입니다. 몽고족들과 함께 초원에서 훈련을 시킨 녀석들이라 분명히 마음에 드실 겁니다. 어지간한 군마보다 더 나으면 나았지 절대 떨어지지 않는 녀석들입니다."

"하하하하, 그렇다면 더할 나위 없겠군요."

곽청은 무척이나 기분이 좋아져 연방 웃음을 터트렸다. 군마 납품 시 말은 한 필당 금자 3냥에 넘기고 있으니 완전히 수지맞은 장사가 된 것이다.

"말은 이곳 흙산 너머 한 시진 거리에 있습니다. 사실 저희도 상단을 공격한다는 소문 때문에 앞서 살피는 중이었습니다."

"아, 그러셨군요. 어차피 오늘은 이곳에서 쉬어 갈 생각이었으니……."

"바로 지시를 내려놓겠습니다."

태청아의 말이 끝남과 동시에 그녀의 막사 밖에서 작은 소란이 일었다.

"무슨 일이냐?"

"네, 아가씨. 웬 늙은이 하나가 상단의 책임자라며 곽청 단주를 찾고 있습니다."

"그게 무슨 소리냐?"

상단의 단주가 자신과 함께 있는데 또 다른 책임자가 나타났다는 말에 의아한 표정이 되었다. 곽청 역시 그게 무슨 소린가 싶어 급히 막사 밖으로 달려 나갔다.

-곽 단주, 내 말대로 해주시오.

곽청은 밖으로 나가자마자 귓가에 들려오는 조성은의 음성에 곧바로 표정 관리에 들어갔다. 뭔가 문제가 생겼다 생각한 것이다.

"아, 이분은 저희 지부의 부지부장이십니다."

곽청은 막사에서 쉬시지 왜 나오셨냐는 듯한 표정을 지었다.

"곽 단주가 이곳에 있다기에 찾아왔는데 이 사람들이 내 말을 믿지를 않아서 말일세."

태청아는 곽청이 허리까지 구부리며 정중한 태도를 취하자 자신도 인사를 건넸다.

"부지부장님이셨군요. 공각 상단의 태청아라고 합니다."

"껄껄껄, 아이들이 이곳에 여장부가 한 명 있다고 하기에 궁금해서 찾아왔소."

조성은은 태청아를 바라보며 흡족한 미소를 보였다.

"어르신, 그렇지 않아도 이곳에서 공각 상단을 만나 일이 수월해졌습니다."

"그게 무슨 소린가?"

"필요한 물목을 공각 상단에서 가지고 있다 합니다."

"그래? 그렇지 않아도 요즘 문제가 많아 걱정스러웠는데 이런 곳에서 귀인을 만났구나. 그래, 거래 조건은 어찌 되는고?"

조성은은 누가 봐도 상단의 어른이라 믿을 만큼 능청스럽게 연기를 하더니 거래 내용과 비용까지 모두 설명을 들었다.

"그 정도라면 당장 계약을 해도 되겠군. 곽 단주, 계약서를 쓰세."

"네? 아, 알겠습니다."

곽청은 느닷없이 계약서를 쓰겠다는 조성은의 말에 이게 뭔 짓인가 하는 마음이 들었지만 어차피 작성해야 할 계약서였기에 군소리 없이 따랐다.

조성은은 손도장이 찍힌 문서를 꺼내더니 물품과 물량, 그리고 가격은 물론 계약자 간 지켜야 할 내용까지 모두 기입한 후 태청아에게 수인을 요청했다.

'저런 건 또 언제 준비를 한 거지?'

손도장까지 찍힌 종이를 불쑥 꺼내 계약서를 작성해버린 조성은의 모습에 곽청은 도무지 정신을 차릴 수가 없었다.

"어디 보자."

조성은은 계약서를 들고 내용을 확인하더니 흡족한 표정을 지었다.

"비용은 지금 바로 지불해드리리다. 약속대로 오늘 안에 물건을 준비해주시오."

-곽 단주, 비용 지급해주시오.

곽청은 느닷없이 돈부터 건네주라는 조성은의 말에 이런 식의 거래는 있을 수 없다며 따지려 들었다.

"하지만……."

-오 집사가 그렇게 하라고 했으니 내 말대로 해주시오.

막 언성을 높이며 반대를 하려던 곽청은 오 집사의 명령이라는 말에 가까스로 입을 다물었다.

"알겠습니다. 지금 바로 지급해드리겠습니다."

잠시 막사로 돌아갔던 곽청은 전표와 금자를 준비해 태청아에게 건네주었다.

"화끈하셔서 좋군요. 물건은 걱정 마십시오."

태청아는 바로 결제를 해준 조성은과 곽청에게 가볍게 인사를 건넸다.

"혹 우리 상단에게 사기를 치거나 그런 것은 아닐 거라 믿소."

"네?"

태청아는 난데없이 사기 운운하는 조성은의 말에 잠시 미간을 찡그렸다. 나이는 물론이고 신분까지 높다 보니 어느 정도 대우는 해주고 있었지만 그렇다고 고개를 숙이고 싶은 마음은 추호도 없었다.

"말이 심하시군요."

"계약이 약속대로 이루어지길 바란다는 뜻이오."

"계약은 약속대로 이루어질 것입니다."

"허허허, 그래야지. 상인은 본래 신용으로 먹고사는 존재가 아니겠소. 곽 단주, 수고했네. 난 여독이 가시지 않아 조금 더 쉬어야겠네."

"네, 어르신."

곽청은 갑작스레 나타나 물건을 보기도 전에 계약서부터 작성해버린 조성은의 행동에 터무니없단 생각도 들었지만 '이놈들이 그놈들이오.'란 전음을 듣고 나선 시키는 대로 고분고분 따라야만 했다.

'정말 공각 상단이 마적 떼란 말인가? 그럴 리가. 저런 어린 여인이 도적 떼의 수장이라니. 말도 안 되는 소리지.'

곽청은 그럴 리 없다 생각하면서도 자꾸만 불안한 마음이 앞섰다.

그로부터 2시진 정도가 흘렀을 때쯤 공각 상단 쪽에 문제가 발생했는지 부산한 움직임이 느껴졌다.

곽청은 급히 무사들을 끌어 모아 만약의 사태에 대비를 하더니 공각 상단 쪽으로 이동했다.

"무슨 일이 생긴 것이오?"

곽청은 잔뜩 화가 난 표정으로 부하들의 보고를 받고 있는 태청아를 발견하고 말을 건넸다.

"아, 그게 말입니다."

태청아는 곧바로 곽청이 달려 나와 상황을 물어오자 당황한 기색을 감추지 못했다.

"설마 말에 문제라도 생긴 것입니까?"

말에 문제가 생겼다간 자신도 심각한 문제에 직면해야 했기에 곽청의 표정은 창백하다 못해 시퍼렇게 질려 갔다. 그동안 자신이 구입해오던 말과 양들이 모두 공각 상단에서 나온 것이라 들었으니 만에 하나 문제가 생긴다면 녕하에 간다고 한들 무슨 수로 말과 양을 구하겠는가 말이다.

"넘겨 드릴 물건이 없어졌다고 합니다. 하지만 조금만 시간을 주시면 반드시 찾아올 것이니……."

태청아는 숨길 수 없는 일이라 생각했는지 솔직하게 말과 양이 없어졌다고 털어놓았다. 이미 상당한 시간이 흐른 뒤였기에 다른 핑계를 댈 수도 없었기 때문이다.

"네에?"

곽청은 마른하늘에 날벼락이라도 맞은 듯 몸을 부들부들 떨더니 그대로 주저앉아버렸다.

-그것참, 곽 단주도 대단하시오. 사기꾼으로 나선다 해도 대성할 만한 자질이오.

조성은은 곽청의 표정과 행동을 보며 정말 대단하다는 듯 전음을 날려 주었다.

곽청은 조성은의 전음에 더욱 어이없다는 듯 괴로운 표정을 짓더니 주먹까지 불끈 쥐어 보였다.

제7장. 구여현하(口如懸河)

구여현하(口如懸河)

-입이 급히 흐르는 물과 같다는 뜻으로,
말을 거침없이 잘하는 모습을 뜻하는 말

"그 사건에 대해선 내가 역시 잘 알고 있지."
 말이 없어졌다는 이야기에 용문진이 입을 열었다.
 황금 전장과 공각 상단의 거래를 듣고 있던 사람들의 시선이 용문진에게 모였다.
"덕분에 우리 용가는 상당한 피해를 입어야 했으니까."
 용문진의 말에 임표표가 질문을 던졌다.
"정복문의 태가가 용가에 속해 있다고 하던데, 그렇다면 이야기 속의 공각 상단과 태청아는 용가의 사람이라는 뜻이겠죠?"
"사실 공각 상단은 태청아가 임의로 만들어 붙인 이름이오. 본래 그런 상단은 없다고 봐야겠지."

임표표는 이름 때문에라도 그런 것 같았다며 고개를 끄덕였다.

"결국 황금 전장의 상단과 여타의 상단을 습격한 것은 정복문이라는 말이군요."

"우리가 노린 것은 황금 전장이오. 다른 상단은 진짜 마적들에게 당한 것이지. 용가는 그 사이사이에 마적들 흉내를 낸 것뿐이오."

"그런데 왜 용가가 피해를 입었다는 거죠? 어차피 모두 빼앗은 물건들이었으니 다시 원주인에게 돌아가는 것뿐일 텐데."

임표표는 도둑질을 한 주제에 피해 운운하는 것은 웃긴 일이라며 용문진을 바라봤다.

"물건만 빼앗겼다면 그럴 수도 있겠지. 문제는 화산파 전대 장문인 조성은 대협께서 지시하신 계약서에 문제가 있었소."

"어차피 공각 상단은 존재치 않는 거라 하지 않았나요? 존재하지도 않는 상단과 맺은 계약서가 무슨 의미가 있죠?"

"그건 제가 설명해드릴게요."

소주아는 피해 당사자에게 자꾸 질문을 던지는 건 예의가 아니라는 듯 임표표의 질문을 가로챘다.

"네, 들어볼게요."

다른 사람들이 말할 때는 차갑고 무뚝뚝한 임표표였지만

소주아가 대화의 대상이 될 때는 언제 그랬냐는 듯 부드러운 미소를 짓는 임표표였다.

◉ ◉ ◉

 곽청과 조성은 문제가 심각하다는 말을 던져 놓고 상단의 막사로 돌아왔다.
 "잘했소. 단주의 처신이 일을 유리하게 만들었소."
 곽청은 왜 자신이 망연자실한 표정까지 지어야 했는지 모르겠다며 설명을 요구했다.
 "그 부분은 제가 설명을 드리죠."
 "아, 소 소장님. 어디에 있다 이제야 오시는 겁니까."
 곽청은 무척이나 걱정했다는 듯 막사 안으로 들어서는 관치를 맞이했다.
 "대충 눈치를 채셨겠지만 저들이 훔쳐 갔던 말들을 다시 훔치느라 조금 바빴습니다."
 "역시……. 하지만 그럴 여유가 없었을 텐데……."
 곽청은 어떻게 그 짧은 시간에 일을 벌였냐는 듯 신기하다는 표정을 지었다.
 "그건 영업상의 비밀이라……."
 "아, 네. 죄송합니다."
 곽청은 뼛속까지 상인인지라 관치의 어색한 기침 소리에

바로 꼬리를 내렸다. 상대의 업무 기술을 함부로 물어보는 것은 위험한 행위인 것이다.

"아무튼 일이 그렇게 진행 중입니다. 곽 단주께서도 공각 상단을 믿지 않는 눈치시던데 잘된 일 아닙니까?"

관치는 어차피 의심 가득했던 상황 아니었냐며 앞으로 어떻게 해야 할지 설명을 늘어놓기 시작했다.

"일단 계약서부터 이리 주십시오."

"여기 있네."

조성은은 품에 넣고 있던 계약서를 꺼내 관치에게 넘겨주었다.

"흠, 내용은 제대로 되어 있군요. 상대가 상인이 아니었기에 망정이지 조금만 머리를 굴리는 자를 만났어도 일이 어려웠을 겁니다."

"그게 무슨 말씀이신지……."

곽청은 무슨 말을 하는지 모르겠다며 조성은을 바라봤다. 계약서를 준비하긴 했지만 내용을 마무리 지은 건 자신이 아니라 조성은이었기 때문이다.

"험험, 나야 소장이 시키는 대로 했을 뿐이네."

"계약 상대가 공각 상단이 아니라 태청아 본인으로 한 것 말입니다. 수인도 지장을 찍도록 해서 더욱 확실한 족쇄가 되었습니다."

"설마……."

"네, 이 계약서는 공각 상단과 황금 전장의 계약서가 아니라 저와 태청아라는 여인의 계약서라, 이 말이죠."

곽청은 계약서에 찍혀 있던 손도장이 관치의 것이라 하자 이런 법이 어디 있냐며 인상을 붉혔다. 일이 자칫 잘못되면 큰 피해를 입을 수도 있는 상황이었다.

"말했지 않습니까. 상대는 상인이 아니라고. 태청아란 여인, 있는 집안에서 대우 좀 받으며 살아온 것 같습디다. 이번 일도 마적 떼 사건의 마무리를 지을 겸 직접 나선 것 같던데 대가를 치러야 하지 않겠습니까?"

"하지만 저들이 상단을 공격했던 마적 떼라는 증거가 없지 않습니까."

"증거는 이제부터 찾아보면 그만입니다. 만에 하나 저들이 정말 제대로 된 상단이라면 이번 기회에 황금 전장에 은혜를 입혀 놓는 것도 나쁘지 않으니 말입니다."

곽청은 아예 대놓고 나쁜 짓을 하겠다는 관치의 말에 어이없는 표정을 지었다.

"아무리 상단이 어렵다고는 하나 상도를 벗어나면서까지……."

"단주님, 뭔가 착각하시는 것 같습니다."

"그게 무슨……."

"방금 말씀드렸지 않습니까. 이 계약서는 황금 전장이 아닌 나와 맺은 계약이라고 말입니다. 일이 잘되면 황금 전장의 복이고 잘못되면 제가 책임질 일이라, 이 말입니다. 문제가 생겨 일이 틀어지면 단주도 속았다고 그러시면 됩니다. 아니, 이미 속은 셈이니 거짓말을 하는 게 아니겠군요."

관치는 더 이상 귀찮게 하지 말라는 듯 계약서를 품 안에 넣더니 막사 밖으로 나가버렸다.

"좀 말려 보시오. 이러다 정말 사단이라도 나면……."

"곽 단주, 다른 건 몰라도 저들이 상인이 아니라는 것은 나도 이미 파악한 상태요."

"네?"

"생각해보시오. 중원 제일의 상단을 거느린 황금 전장도 절정급 고수를 상단 호위로 쓸 만큼 여유롭지 않소."

"그건 그렇습니다만……."

"그런데 저 공각이라는 상단은 그런 자들이 최소 셋 이상이오. 변방, 그것도 새외나 마찬가지인 녕하 북쪽 끝에서 활동한다는 상인이 호위로 절정 고수 셋에 그에 준하는 자들이 넷이라니. 뭔가 이상하지 않소?"

곽청은 공각 상단의 무사들이 절정급이거나 그에 준하는 자들이라고 하자 말문이 턱 막혔다. 만에 하나 저들이 미친 척 돌변하기라도 하는 날엔 모조리 죽은 목숨인 것이다.

"그렇다고 너무 걱정하지 마시오. 그 정도는 나 혼자서도 충분히 막을 만하니까."

"네? 그게 정말이십니까?"

"당신 입으로 말하지 않았소. 황금 전장 오 집사가 보냈다면 인정하겠다고. 지부 하나가 통째로 날아갈 상황인데 설마 어중이떠중이를 이곳으로 보냈다고 생각한 것이오?"

"……."

곽청이 더 이상 말을 못하고 입만 벌리고 있자, 조성은은 소장이 무슨 짓을 벌일지 구경이라도 해야겠다며 막사 밖으로 나가버렸다.

한동안 멍한 표정으로 넋을 놓고 있던 곽청은 무슨 짓을 벌일지 구경을 하겠단 조성은의 말에 번뜩 정신을 차리더니 그 역시 밖으로 달려 나갔다. 자신이야말로 뭐가 어떻게 돌아가는지 확실히 알아야 한다는 생각이 든 것이다. 차후 문제가 생긴다 해도 뭘 알아야 보고를 할 게 아닌가 말이다.

"이가씨, 곽청 쪽에서 사람을 보내왔습니다."

"말의 행방은 찾았습니까?"

"그건 아직……."

호위 무사들을 지휘하며 강인한 인상을 보이던 사내의 얼굴에 식은땀이 맺혔다. 분명히 풀이나 뜯으며 한가로이 쉬고 있어야 할 말들이 사라져 버린 것이다. 게다가 해까지 떨어지고 있어 말발굽을 쫓아 말들을 찾는 데 어려움을 겪고 있었다. 길이 있는 곳에서 잃어버렸다면 문제가 없었겠지만 사방이 트인 초원이다 보니 보통 머리 아픈 게 아니었다.

"일단 들어오라고 하세요. 그리고 물건은 기필코 찾아야 할 겁니다."

"존명!"

호위 무사가 밖으로 나가고 잠시 뒤 곽청 쪽에서 보냈다는 사람이 안으로 들어왔다.

"처음 보는 얼굴이군."

"얼굴이군? 내가 누군지 알고 함부로 말을 놓는 것이오."

태청아는 곽청이 보냈다기에 분명히 아랫사람이 심부름을 왔다고 생각했다. 만일 곽청의 수하라면 당연한 어투였지만 상대의 태도는 전혀 그렇지가 않았다.

"감히!"

"감히 같은 소리는 함부로 하는 게 아니지. 어떻게 할 것이오?"

"뭘 말이냐!"

그렇지 않아도 신경이 곤두선 태청아는 대뜸 어떻게 할 거냐고 물어오는 사내의 태도에 화가 치밀어 올랐다.

팔랑~

태청아는 자신의 눈앞을 어지럽히는 종이 한 장을 발견하고 눈살을 찌푸렸다.

"무슨 소릴 하고 싶은 것이냐?"

"계약은 정상적으로 이루어졌는데 이행이 되지 않아서 말이오. 뭔가 설명이 있어야 할 것 같은데."

"물건은 준비해줄 것이다."

"당연한 말 자꾸 하지 마시고, 정확한 시간을 대시오. 대충 언제까지 줄 수 있는지라도 알아야 할 것 아니오?"

태청아는 계약서를 흔들어대며 당장 물건을 내놓으라는 관치의 행동에 당장이라도 얼굴을 날려 버리고 싶었지만 스스로 상인 행세를 하기로 했으니 한 번 더 참기로 했다.

'쳇, 일이 꼬이면 별수 없지. 본래 하던 대로 하는 수밖에.'

상단을 건드려 일을 키우는 바람에 문으로부터 징계를 받았던 태청아였다. 내심 문에 도움이 될 수 있는 일이 없을까 고민하다 벌인 일이지만 중원 상계의 관심을 끌게 되자 문에서 문제를 삼은 것이다.

'가져다 바칠 땐 얼씨구나 좋다고 하더니, 일이 생기니 책임은 나보고 지라고?'

태청아는 요즘 들어 짜증나는 일만 생겨 폭발 직전인데 별 이상한 놈까지 찾아와 시비를 걸자 속이 부글부글 끓어올랐다.

❂　　❂　　❂

"아무리 이야기라곤 하지만 있었던 일을 근거로 하는 것 아니었소?"

용문진은 태청아의 속마음까지 줄줄 읊어대는 소주아의 태도에 불편한 표정을 지었다.

"당연히 있었던 일을 근거로 하는 이야기이고 태청아의 속마음이 그랬다고 들었으니 없는 말을 한 것은 아닙니다만."

소주아는 자신의 말에 문제를 제기한 용문진을 보며 쌀쌀맞은 눈빛을 날렸다.

"그게 말이 되오? 태청아가 자백제를 먹은 것도 아니고 무슨 이유로 자신의 속마음까지 모두 털어놨겠느냔 말이오. 그렇지 않습니까, 여러분?"

용문진은 다른 사람도 아니고 정복문 사람의 입장이나 속마음까지 이야기한다는 것은 현실적이지 못하다고 지적했다.

"종남 검객의 말씀도 일리는 있습니다만……."

표사 하나가 자신도 그런 부분에 현실감이 떨어진다며 소주아를 바라봤다. 다른 사람들 역시 대놓고 동조는 못하지만 그런 점들이 없지 않았다며 공감하는 표정을 지었다.

"훗, 왜 이리 믿음들이 없으실까. 방금 말씀드렸잖아요. 태청아 스스로 했던 말이라고."

"그 말이 더 이상하단 말이오. 태청아 같은 고집 센 여자가 어떻게……."

용문진은 바로 그 점이 이해할 수 없는 부분이라며 다시 한 번 입을 열었다.

"용가의 가주께서는 태청아란 여인에게 맺힌 게 많은가 봅니다."
"그게 무슨 뜻이오?"
"그렇지 않고서야 그런 반응을 보일 리가 없지 않습니까. 예를 들어 자신은 죽어도 태청아의 마음을 알아낸 적이 없는데 관치 오라버니는 최근의 심리 상태까지 모두 직접 들었다고 하니 자존심이 상한 것 아니냐, 이 말입니다."
"어떻게 그런 생각을!"
용문진은 발끈한 표정으로 소주아를 바라봤다.
"본래 능력 없는 사내들이 치졸한 질투심에 눈이 머는 법이죠. 그리고 조금 전 그대의 대사형이 끼어들지 말라고 하지 않았던가요? 아무리 개인적 감정이 앞섰다고는 하지만 위계질서가 형편없군요."
"이익!"
소주아는 한마디도 지지 않겠다는 듯 끝까지 용문진의 속을 빡빡 긁어대더니 자신이 하고 싶은 말을 다 하고서야 관치 이야기로 넘어갔다.

◈　　◈　　◈

"기분이 굉장히 안 좋아 보이는군."
관치는 태청아를 빤히 쳐다보며 한마디 던지더니 그녀 앞에 자리를 잡고 앉았다.

"누구 맘대로 앉는 것이냐!"

"손님이 찾아왔으면 자리를 권하는 것은 기본적인 예의가 아니오?"

태청아는 뭘 그런 걸 가지고 그러냐는 듯 시큰둥한 반응을 보이는 관치의 태도에 어이없는 표정을 지었다.

"그깟 알량한 문서 하나 믿고 까부는 것이라면 잘못 생각했다."

태청아는 화풀이라도 해야겠다는 듯 당장 손을 내밀어 관치의 멱살을 잡아 앞으로 당겼다.

"지금 날 공격한 것이오?"

태청아는 목이 잡힌 상황에서도 덤덤한 목소리로 말을 하는 관치의 모습에 허허 웃어버렸다.

'이 자식은 뭐지?'

무공을 모르는 자라면 놀란 표정이라도 지어야 정상이거늘 '겨우 이거요?' 하는 표정으로 자신을 바라보자 정체가 궁금해진 것이다.

'무공이 없는 듯 보이지만… 내가 알아보지 못할 정도로 실력을 감출 수 있는 자라면?'

태청아는 아무렇지도 않게 행동하는 관치의 태도에 뭐가 진짜인지 헷갈리기 시작했다.

"알량한 문서라고 했소? 훗, 그쪽이야말로 이 문서 한 장이 얼마나 무서운지 모르는 것 같군."

"뭐라고?"

오히려 자신을 협박하듯 이야기하는 관치의 말에 당장 목을 부러트리려던 태청아는 자신을 빤히 쳐다보는 관치의 눈길에 저도 모르게 멈칫거렸다.

"먼저 하나 묻지."

"물어?"

"보아하니 그동안 해 처먹은 걸 이번 기회에 털어내려는 속셈 같은데 말이야……."

"……!"

"그렇게 놀란 눈으로 보면 안 되지. 그걸 어떻게 알았냐는 눈빛밖에 안 되잖아."

"너, 너 누구야?"

태청아는 상대가 상단을 공격했던 자가 자신임을 알고 있자 말을 더듬고 말았다.

"일단 이것 좀 놓고 이야기하지."

"닥쳐! 어떻게 안 거야!"

태청아는 관치의 목덜미를 더욱 세게 움켜잡으며 입술을 실룩거렸다.

"머리가 멍청한 건지, 아니면 세상 물정을 모르는 건지."

"뭐, 뭐야?"

"이런 식으로 일을 처리하니 귀찮은 일에 휘말리는 것 아니냐, 이거지."

 스르륵.

 태청아는 모든 걸 알고 있다는 듯 툭툭 말을 던지는 상대의 말에 손아귀의 힘이 빠져 버렸다.

 관치는 숨쉬기 곤란했다는 듯 목 언저리를 몇 차례 쓸어내더니 태청아 앞에 다시 계약서를 내려놓았다.

"읽어봐."

"누구냐니까!"

"이름 말인가?"

"이름이든 직책이든 아니면 소속이든!"

 태청아는 당장이라도 관치를 잡아먹을 듯 눈을 부릅뜨고 소리를 질렀다.

"이름은 소관치, 직책은 소장직을 맡고 있고 소속은 무한제일흥신소다."

"뭐? 누구? 흥신소?"

"정식으로 소개할까, 아니면 약식으로 대충 넘어갈까."

 관치는 태청아 쪽으로 몸을 당겨 앉으며 씨익 미소를 지었다.

 잠시나마 모든 걸 알고 찾아왔다는 관치의 말에 흥분을 했던 태청아는 상대가 다른 목적이 있다는 걸 느끼자 마음을 가라앉혔다.

"정식? 약식?"

"호, 벌써 정신을 차린 건가? 생각보다 회복이 빠르군."

태청아는 앞으로 당겨 앉은 관치와 달리 뒤쪽으로 몸을 기울이며 오히려 느긋한 표정이 되었다.

"원하는 게 뭐지? 단순히 내가 한 일을 협박하고자 찾아온 것 같지는 않은데."

"뭘 원하는 걸까? 한번 생각해봐."

태청아는 자신 앞에서 장난치듯 말을 늘어놓는 관치의 행동에 눈빛이 매서워졌다.

"흥신소 소장이라. 뒷골목 해결사가 겁도 없이 뛰어들 만한 일은 아닌 것 같은데."

태청아는 함부로 입을 놀렸다간 쥐도 새도 모르게 죽는 수가 있다는 듯 비릿한 미소를 날렸다.

"뭐, 당신 말도 틀린 소리는 아니지. 하지만 말이야, 본래 뒷골목에서 움직이는 인간들은 목숨이 아홉 개라는 말 들어본 적 없나?"

"아홉 개? 웃기는 소리."

태청아는 관치의 말에 깔깔거리며 웃음을 터트렸다. 당장 손만 내밀어도 목을 부러트릴 수 있는 자가 목숨이 9개라니 웃음이 나올 수밖에 없었다.

"뭔가 오해를 하는 것 같군. 아홉 번 정도는 죽지 않고 살아날 방법을 준비해둔다는 뜻이다. 그 머리로 지금껏 마적 흉내를 내다니 운이 좋았던 모양이군."

"이익!"

"워워, 그런 급한 성미로 일을 벌였다간 아마 평생 후회하게 될 거야."

태청아는 당장 관치의 목을 날려 버릴 듯 몸을 일으켰다가 평생 후회할 거란 말에 그대로 몸을 멈췄다.

"읽어봐."

관치는 다시 계약서를 앞으로 내밀며 읽어보라는 말만 반복했다.

"읽은 뒤엔?"

"읽고 나면 설명해주지."

"좋아."

태청아는 거드름까지 피우며 계약서를 미는 관치의 모습에 결국 집어 들었다.

"다 읽었다."

"그래? 일반적으로 상단 간의 계약이 파기되면 어찌 되는지 알고 있나?"

"상단? 계약? 어차피 상단이야 있으나 마나 한 것이니 맘대로 해봐."

"크크크, 그래. 그래서 상단과 계약을 하지 않은 거야."

"뭐?"

태청아는 다시 계약서를 들고 내용을 꼼꼼히 살피기 시작했다.

"이게… 어떻게."

"가만히 지켜봤는데 계약서 같은 문서 쪽에는 아는 바가 없는 것 같더군."

"지켜보다니, 그게 무슨 말이냐?"

"그래서 수량이나 비용 등은 아주 잘 보이게 적어두고 관련된 제반 사항은 쓸데없는 말을 잔뜩 적어 읽지 않도록 유도를 했지."

태청아는 자신이 문서에 약하다 말하는 관치의 말에 눈을 감고 몸을 부르르 떨었다.

"어디서 무슨 교육을 받으며 살았는지는 모르겠지만 좋은 집안 딸들이 멋대로 컸을 때 보이는 안하무인의 성격과 귀찮은 일은 빨리 끝내고 싶어 하는 모습이 아주 잘 드러나더군."

태청아는 관치의 말이 끝남과 동시에 계약서를 쥔 채 자리에서 일어나 뒤로 물러섰다.

"그래? 그쪽도 운이 좋았나 보군. 그런 내 성격을 한 번에 알아보고 말이야. 그런데 이걸 어쩌나. 계약서라는 게 남아 있어야 효과를 발휘하는데 말이야."

태청아는 찢어버리면 그만이라며 계약서를 들어올렸다.

획!

"응?"

태청아는 눈앞에 뭔가 희끗거리더니 손에 들려 있던 계약

서가 모습을 감추자 어리둥절한 표정을 지었다.

"물론이지. 하지만 뻔히 보이는 상대에게 그런 짓을 당할 것 같나?"

관치는 어느새 태청아의 손에서 계약서를 뺏어들고 흔들어댔다.

"어, 어떻게."

태청아는 대책 없이 자신만만한 관치의 태도가 단순히 계약서 때문만은 아니었음을 깨달았다. 자신의 실력으론 가늠할 수 없을 정도로 그는 엄청난 실력을 가진 자였던 것이다.

"능력이 좋네."

태청아는 빼앗긴 계약서보다 자신의 눈으로 좇을 수 없을 정도로 빠른 움직임을 가진 관치의 능력에 더 관심이 생긴 것 같았다.

"말했잖아. 뒷골목 해결사들은 목숨을 구할 수 있는 확실한 준비를 하고 다닌다고."

"뒷골목 해결사? 훗, 해결사들이 다 그런 실력을 지녔다면 구대문파나 무림 세가들은 오래전에 문을 닫았겠다."

태청아는 자꾸 헛소리할 거냐며 관치를 바라봤다.

"본래 사람을 잘 속이는 사람은 타인을 믿지 못하는 법이지. 일단 앉아."

태청아는 관치가 자신을 압도할 정도로 실력이 있음을 알게 됐음에도 전혀 거리낌 없이 자리에 앉았다.

'강한 성격이군.'

관치는 태청아가 귀하게 자라 버릇은 없지만 자존심이 강한 반면 단순하고 호기심이 많음을 파악했다.

'성격은 파악이 된 것 같고… 어떤 집안 딸인지 알아볼 시간이군.'

관치는 태청아가 호기심 가득한 눈으로 자신을 바라보자 계약서를 갈무리하고 다시 입을 열었다.

"태청아 본명인가?"

"응? 이름? 당연하지. 이름까지 속일 정도로 궁색하지는 않거든."

"그래? 도둑치곤 의외로 당당하네."

"호호호, 당당해야지. 뭘 하건 당당해야 문제가 생겨도 떳떳하거든. 그게 내 규칙이야."

'성격이 좀 오락가락하는군.'

관치는 상단의 일은 관심도 없다는 듯 호기심 가득한 얼굴로 자신을 바라보는 태청아의 태도에 방법을 바꿔야겠다 생각했다. 이런 성격은 뭔가 잘 말할 것 같다가도 결정적인 순간에 미친 척하는 경향이 있다고 기록되어 있었다.

'기록부가 도움이 되는 것 같으면서도 활용 부분에 있어선 아직 부족한 부분이 많군. 이론과 실제의 차이인가?'

관치는 황금 전장의 노마님이 건네준 난주 제일흥신소 사건 기록부를 꾸준히 습득 중이었고 기회가 될 때마다 활용

하고 있었다.

"서로 솔직해지기로 하지."

"솔직한 거 좋지. 그래, 뭐가 궁금한 거지?"

태청아는 슬슬 관치와의 대화가 재미있어진다는 듯 킥킥거리며 웃음을 흘렸다.

'장난기도 많군. 호기심 다음은 재미인가?'

"황금 전장은 왜 공격한 거지?"

"당연히 돈을 벌기 위해서지."

"돈은 벌어서 어디다 쓰려고?"

"이번엔 내가 물을 차례인 것 같은데."

태청아는 연속해서 대답을 할 생각은 없다는 듯 관치를 바라봤다.

"그렇군. 그게 공평하지."

"도대체 정체가 뭐지? 뒷골목 해결사라고 하기엔 문제가 많아 보이는데."

"솔직하게 대답하기로 했지?"

"물론."

"솔직하게 대답하지. 무한에서 제일흥신소를 운영하고 있는 소관치라고 한다."

"뭐야. 진짜야?"

태청아는 믿음이 가지 않는다는 듯 관치를 바라봤다.

"거짓을 말할 정도로 급급하지 않다."

"쳇, 좋아. 이번엔 당신이 물어봐."

"뉘 집 자식이냐?"

"뉘 집 자식? 말이 너무 짧은 거 아냐?"

"나이를 봐도, 상황을 봐도 말을 높일 이유가 없지 않나?"

"좋아, 맘대로 해. 어차피 나도 말을 높일 생각은 없으니까."

태청아는 그게 무슨 상관있겠냐는 듯 맘대로 하라고 했다.

관치는 궁지에 몰린 생쥐 꼴을 할 줄 알았던 태청아가 '궁지'란 단어 자체는 모르는 사람인 양 청산유수로 말을 토해내자 속으로 적지 않게 당황했다.

"대답해봐. 뉘 집 자식인데 이런 짓까지 벌이는 거야?"

"녕하 북쪽에 조그만 문파가 하나 있어. 그 집 딸이야."

"녕하 북쪽에서 왔다는 말은 사실이었군."

"말했잖아. 당당한 게 좋다고."

태청아는 발끈한 표정을 지으며 관치를 바라봤다.

"황금 전장에서 날 잡아달라고 의뢰한 것 같은데, 잡아갈 건가?"

호위들이 있기는 하지만 관치 정도 빠르기라면 자신을 제압해 도망가는 것 정도는 가능하다고 봤기에 어쩔 건지 확인하고 싶었다.

"별로. 잡아가봐야 돈이 되는 것도 아니고."

"그래? 그나마 반가운 대답이네."

"문파 이름은?"

관치는 본격적으로 궁금한 것을 물어보기 시작했다.

"내가 말한 것들 여기저기 흘리고 다니는 거 아냐?"

"그럴 리가. 개인적인 호기심이다."

"그래? 뭐, 이름 정도 말한다고 문제가 되는 것도 아니고. 그런데 이름이 좀 그래. 듣고 웃지나 마."

"일단 들어보고."

"무림 정복문."

"응?"

관치는 자신이 잘못 들었나 싶어 다시 물었다.

"그럴 줄 알았어. 그것 봐. 이래서 내가 문파명 물어보는 인간들을 보면 짜증난다니까. 멋진 이름 다 놔두고 정복문이 뭐야. 무림인들이 들으면 딱 공적으로 몰기 좋은 이름이잖아."

관치는 초롱초롱한 눈으로 자신을 바라보며 연방 문파명에 대해 불만을 토하는 태청아를 바라보며 잠시 동안 입을 다물었다.

제8장. 고군분투(孤軍奮鬪)

고군분투(孤軍奮鬪)

-사람 수도 적고 힘도 약한데 남의 도움도 없이
 힘에 겨운 일을 악착스럽게 하는 것

"청아에게 일을 시킨 것부터 잘못이었다."

이야기를 듣고 있던 봉태주가 결국엔 참지 못하고 입을 열었다.

"하지만 마적 떼 흉내를 내고 다닌 건……."

"애초에 그런 일을 벌이지 않도록 단속을 잘했어야 했다."

"청아가 사고를 친 건 가문의 수장들이 모두 무림에 나왔을 때입니다. 그 녀석이 그런 일을 벌이고 다닐 줄 어떻게 알았겠냔 말입니다."

용문진은 억울하다는 듯 봉태주를 바라봤다.

"결국 문의 정보가 새어나간 건 청아 때문이었단 말이군."

호태얼은 털끝을 쓰다듬으며 '그것이 문제였어.' 라는 표정을 지었다.

그러자 소주아가 다시 입을 열었다.

"설마요. 겨우 태청아 한 명 때문에 정복문의 일이 알려졌다고 믿는 건 아니겠죠?"

"그건 또 무슨 소리지?"

호태얼은 자신의 말에 바로 제동을 거는 소주아의 태도에 불편한 심기를 드러냈다.

"듣기론 태청아의 나이가 서른에 가깝다고 하더군요."

용문진과 호태얼은 고개를 끄덕였다.

"그런데 그 나이를 먹도록 시집도 보내지 않고 집 안에 가두어두었으니 성격이 괴팍해질 수밖에요. 사실 태청아가 이런저런 말을 하게 된 계기는 무료함을 달랠 수 있는 거리를 찾은 것에 불과했어요."

봉태주는 소주아의 말에 고개를 돌리더니 눈을 가늘게 뜨며 반문했다.

"청아가 그렇게 된 것은 우리 잘못이니 일의 책임도 우리에게 있단 뜻인가?"

"좋은 스승 밑에 좋은 제자가 있는 법이죠. 봉가의 가주께선 지금부터 제가 하는 말이 틀리면 틀리다고 해주세요. 태청아의 말에 따르면, 자신이 문파 밖으로 나가지 못하고 그 나이가 되도록 갇혀 있었던 것은 봉가의 가주인 봉태주가 자신의 언니를 잡기 위해 한 짓이었다고 하던데."

"헛소리!"

봉태주는 다시 손소민의 이야기가 흘러나오자 단호한 음성으로 부정했다.

"그래요? 그렇다면 그녀를 서른이 넘도록 홀로 둔 이유가 뭐죠?"

"지켜 주고 싶었을 뿐이다."

"말에 어폐가 있군요. 여인은 때가 되면 의지할 사람을 만나 가정을 이루는 것이 상식 아니던가요? 주변에 허수아비만 잔뜩 세워놓고 마음을 닫게 만든 건 보호라는 말을 쓰기엔 어색해 보이는군요."

소주아는 이야기가 진행될 때마다 봉태주의 심기를 건드리며 그를 자극하는 데 집중하는 듯 보였다.

"의도적으로 보이는군."

"무슨 뜻이죠?"

"관치 그자가 시키던가? 나를 도발시켜 규칙을 깨게 만들라고 말이야."

"에에? 이 이야기를 통해 얻은 것이 겨우 그런 결론인가요? 정복문의 대사형이자 차기 문주에 가장 근접한 후보라기에 내심 기대를 했는데 실망스럽군요."

봉태주는 말끝마다 시비조로 나오는 소주아 때문에 점점 인내심이 엷어졌다. 그러나 자신의 말대로 관치는 바로 이 점을 노리고 계속해서 자극적인 이야기를 하게 만드는 게 분명하다 생각했다.

"크크큭, 관치 그자도 야비하군. 기껏 생각해낸 방법이 동생을 이용해 도발을 시키는 것인가? 그런 수작에 걸려들 이유도 없지만, 만에 하나 그런 일이 생긴다면 가장 먼저 목숨을 잃을 자가 누군지는 알고 일을 꾸몄는지 모르겠군."

봉태주는 기운을 끌어올리더니 소주아 쪽으로 쏘아 보냈다.

"으음……."

소주아는 가슴을 짓누르는 힘이 압박해오자 짧은 신음 소리를 흘렸다.

"계집, 해야 할 이야기만 지껄여라."

"겨… 겨우 한다는 짓이 계집 하나 괴롭히는 것밖에 못하는 인간이………."

소주아는 호흡이 곤란할 정도로 압박을 받으면서도 기어코 자신의 말을 끝까지 내뱉었다.

"그만! 그쯤에서 멈추는 게 좋을 것이다."

소주아 곁에 있던 사마건이 더 이상 못 봐주겠다는 듯 몸을 일으켰다. 검자루를 쥐는 것만으로도 봉태주의 기운을 밀어내더니 오히려 송곳 같은 기세를 쏘아붙였다.

"과거 살천의 특급 살수 하나가 모습을 감춘 적이 있다고 하더니, 이곳에서 보게 될 줄은 몰랐군."

봉태주는 소매를 털어내며 사마건의 기세를 해소시키더니

이번엔 손가락을 들어 사마건의 어깨를 가리켰다.

"무음지(無音指)인가? 용가의 꼬마 놈 덕에 고생 좀 했지."

사마건은 할 테면 해보라는 듯 검을 반쯤 뽑아들었다. 그러자 봉태주를 노리던 날카로운 기세가 3배 이상 급격히 상승하며 그의 손끝을 떨리게 만들었다.

"살수 하나 잡는 데 손가락을 희생할 수는 없지."

봉태주는 천천히 기세를 거둬들이더니 다시 눈을 감아버렸다.

'빌어먹을, 감히 나 사마건을 잡는 데 손가락 하나라니.'

사마건은 봉태주의 말대로 목숨을 거는 대가로 자신이 얻을 수 있는 건 그의 손가락 하나임을 인정해야만 했다. 정면 대결로는 도저히 해볼 수가 없는 자인 것이다.

'하지만 살수의 검으로 네놈을 노리게 되면 그리되지는 않을 것이다.'

사마건은 한동안 봉태주를 매섭게 노려보더니 검을 밀어넣고 다시 소주아 곁에 자리를 잡았다.

사람들은 봉태주와 사마건 사이에 뭔가 오가는 것을 느끼긴 했지만 직접적으로 두 사람의 기세를 확인할 수는 없었기에 뭐가 어떻게 돌아가는지 알 수가 없었다. 하지만 봉태주의 마지막 말에서 두 사람의 실력이 얼마나 차이가 나는지 정도는 알아들을 수 있었기에 사마건의 실력을 아는 사람들은 놀라움을 금치 못했고, 사마건이 어떤 사람인지 어

느 정도 능력을 지녔는지 모르는 사람들은 어리둥절한 표정만 지었다.

 그러나 정작 놀라움을 느낀 자들은 용문진과 호태얼이었다. 용문진은 과거 지풍 하나로 사마건을 쓰러트린 적이 있었기에 도무지 믿을 수가 없었고, 호태얼은 기껏 늙은 살수 하나 상대하는 데 지공을 익힌 손가락을 잃을 수도 있다는 말에 어이없는 표정이 된 것이다. 대사형이 손가락을 잃을 정도라면 자신은 팔목을 잃을 수도 있는 일 아닌가 말이다.

 호태얼은 사마건이란 의족 노인의 실력에 놀라움을 느끼면서도 아직 대사형의 실력을 넘어서지 못하고 있다는 자괴감에 머리가 지끈거렸다.

 '꼭 무공의 고하로 승자를 논하는 것은 아니지 않은가. 지도력은 무공이 아닌 머리에서 나오는 것이다. 호태얼, 정신 차려라.'

 용문진과 호태얼은 봉태주와 사마건의 기세 싸움 속에서 자신의 능력을 따져 보며 어떤 식으로 대사형을 넘어서야 할지 고민을 해야만 했다.

 소주아는 봉태주의 압박에 심장이 쿵쾅거렸지만 봉태주와 그의 사제들을 바라보는 그녀의 입가엔 작은 미소가 드리워졌다. 오라버니의 뜻대로 서로 간에 심력전이 벌어지기 시작한 것이다.

 '아무리 거대한 뚝도 작은 틈 하나로 무너진다고 했던가.'

고군분투(孤軍奮鬪) • 215

사람들은 겁 없이 정복문을 자극하는 소주아의 모습에 걱정스런 표정을 지으면서도 대단하다는 마음을 감추지 못했다.

-그 아비에 그 아들이란 말보다 피는 못 속인다는 말이 더 어울리는 집안일세. 어떻게 딸까지 저런 아이를 얻었을까.

남궁철은 부럽다는 듯 말하는 제갈선의 전음에 고개를 끄덕였다. 도대체 어떻게 자식을 가르치면 저렇게 배포가 세고 자신만만한 모습을 보일 수 있는지 자신도 그저 부러울 뿐이었다.

-부러운 것이냐?

소주아를 탐나는 표정으로 바라보고 있던 제갈선과 남궁철의 귓가에 조성은의 전음이 날아들었다.

두 사람은 또다시 속마음을 들키자 당황한 기색으로 조성은을 바라봤다.

-자식을 사랑한다면, 그 사랑만큼 스스로 일어서는 법을 가르쳐라. 기질은 물려받을 수 있지만 삶을 살아가는 자세는 스스로 깨닫는 법이니라.

-명심하겠습니다, 선배님.

-말씀 새겨듣겠습니다, 선배님.

두 사람은 조성은에게 포권을 쥐어 보이며 조심스럽게 인사를 했고 조성은은 그런 두 사람을 향해 가볍게 고개를 끄덕였다.

"그럼 다시 이야기를 시작해볼까요?"

소주아는 다른 사람들이 자신을 어떻게 생각하든 꿋꿋이 자신의 일을 하겠다는 듯 입을 열었다. 소주아는 처음 모습을 나타냈을 때와 똑같이 웃음을 잃지 않는 눈매로 사람들을 바라봤다. 본인이 말했던 것처럼 이야기꾼의 임무를 스스로 선택했고 그에 대한 책임도 지겠다 했던 것에 최선을 다하는 모습을 보이고 있었다.

◈ ◈ ◈

"정복문이라면 나도 알고 있는 곳이군."

"어라? 정복문을 알고 있다고? 녕하에서도 대외적으론 전혀 이름을 공개한 적이 없는 것으로 알고 있는데?"

태청아는 의외라는 듯 관치를 바라봤다.

"인연이 깊어서 말이야."

"인연이 깊어?"

"아는 사람도 있고, 알기 싫어도 알아야 하는 처지라고 해두지."

"정복문에 대해 아는 사람이 있어?"

태청아는 그게 정말이냐는 듯 눈을 동그랗게 떴다.

"이번엔 내 차례야."

"무슨 소리야. 문파 이름을 물어봐서 대답을 했으니 이번엔 내 차례지."

"아니지. 인연이 깊냐고 물어봤고 그렇다 대답했으니 이번엔 내 차례지."

"그런 게 어디 있어!"

"싫으면 여기서 끝내고 계약서 이야기나 마무리하든지."

관치는 아쉬울 것 없다는 듯이 품 안으로 손을 찔러 넣었다.

"잠깐. 남자가 왜 이리 성질이 급해? 알았으니까 그건 잠시 묻어둬."

"후후, 처음 생각했던 것과는 분위기가 다르게 흘러가서 좀 어색해지는군."

관치는 설마 이런 식으로 분위기가 흘러가리라곤 생각지 못했다는 표정을 지었다.

"그럼 어떤 분위기를 예상했기에?"

"궁금하긴 한데 대답을 안 해줘서 대충 몇 대 패는 정도?"

"……."

태청아는 '진짜?' 하는 눈빛으로 관치를 바라봤다.

"난 거짓말 안 해."

"이야, 생각보다 무식한 남자네. 설마 여자를 패는 자식이 있을 거라곤 생각지 않았는데."

태청아는 여전히 '진짜 패려고 했어?' 하는 눈빛으로 이야기했다.

"가끔은 여자나 남자란 개념보다 인간 자체로 보는 게 편할 때가 많아서 말이지."
"흠, 그런 성격으로는 안 보이는데."
"사적인 대화는 거기까지 하고 다시 규칙으로 돌아가지."
"크크크, 좋아, 물어봐. 이번엔 뭐가 궁금한데?"
"정복문은 왜 무림을 손에 넣는 데 그렇게 극성인 거지?"
"오, 예상치 못한 질문이네?"
"이상하잖아. 내가 아는 것만 벌써 이번이 세 번째인데."
"뭐야. 너, 정체가 진짜 뭐야?"
태청아는 어떻게 그런 것까지 아느냐며 의심스러운 눈초리를 보였다.
"그거야… 먼저 대답을 한 다음에 물어보시지."
"이야, 안 넘어가네. 뭐 별건 없어. 본래 정복문은 다섯 개의 가문이 모여서 만든 문파야."
"그건 나도 알아."
"그래? 아무튼 다섯 가문이 모여서 문파를 만들게 된 데는 좀 사연이 있어."
"이야기해봐."
관치는 앞으로 내밀고 있던 몸을 뒤로 젖히며 청아를 바라봤다.
"오래된 이야기긴 하지만 거의 정설로 전해지는 부분이니 틀리진 않을 거야. 용가와 호가, 봉가와 태가, 그리고 마지막으로 고가까지 모두 그렇고 그런 가문들이었대. 물론 성세가 약해서 그렇지 가문들이 자리 잡고 있던 지역에선 어느 정도 인정을 받고 있었지."

"그런데?"

"지역 발전에 이바지하며 열심히 살고 있던 가문에 풍파가 몰아닥친 거지."

"무림 문파와 시비라도 붙은 건가?"

"딱히 어느 곳이라 말하긴 그렇고, 정사로 나뉘어 치고받는 와중에 중립은 인정을 할 수 없다 경고를 받은 거지."

"그래서."

"명분 싸움에 가문을 희생하기 싫었던 당시의 가주들은 어쩔 수 없이 터전을 잃고 변방 새외까지 쫓겨나게 된 거지."

"결국 복수전이다?"

"아니, 복수 따위는 꿈도 꾸지 말라는 엄명이 있었어."

"그런데 무림을 도모해?"

"끝까지 들어봐. 복수는 꿈도 꾸지 말라고 했지만 만에 하나 세상을 움켜쥘 수 있다면 다시는 자신들 같은 사람이 생기지 않도록 철저하게 세상을 지배하라는 유언이 남겨진 거지."

"허, 복수를 꿈꾸는 것보다 더 무서운 유지였군."

"그래. 어차피 복수를 한다고 해도 전 무림을 상대로 해야 할 판이었으니 그들 모두를 눌러버릴 수 있는 힘이 있다면 모를까, 그 전에 어떤 일도 할 수 없게 되어버렸지."

"지금은 그런 힘이 있다는 뜻인가?"

"모르겠어. 백 년 전 무림행이 좌절되면서 가문이 큰 타격을 입었고 지금은 정복문 내에서도 겨우 명맥만 유지하는 형편이 되었거든. 그래서 나도 이번 무림행에 대해선 아는 게 별로 없어."

어딘지 모르게 지친 기색을 보이던 태청아는 피식 웃어버리더니 곧바로 질문을 던졌다.

"그런데 정복문에 아는 사람이 있다니 그게 누구지?"

"여자야."

"여자?"

태청아는 관치의 얼굴을 천천히 살펴보더니 고개를 갸우뚱거렸다.

"아무리 적게 잡아도 서른 고트머리는 돼 보이는데 정복문의 여자를 안다고?"

"안 지는 좀 오래됐다."

"이상하네. 정복문의 여자들은 밖으로 나가지 않아 외부인과 인연을 맺을 일이 없는데……."

태청아는 관치가 아는 정복문의 여자가 누군지 모르겠다며 연방 고개를 갸우뚱거렸다.

"어? 설마!"

태청아는 이상하다는 듯 계속 고민스러운 표정을 짓다가

눈이 동그랗게 변하며 관치의 어깨를 잡았다.
"목을 조르는 것은 한 번으로 족해."
"아니, 그게 아니라 당신이 안다는 여자 말이야, 혹시 이름이……."
"손소민."
"말도 안 돼!"
태청아는 관치의 입에서 손소민이라는 이름이 흘러나오자 석상처럼 굳어버렸다.
"말이 안 되긴 하지."
"무슨 뜻이야!"
"손소민, 아니 태소민이라고 해야 하나?"
"본명도 알고 있어?"
"그녀에게 직접 들었으니까."
"잠깐. 이름이 관치라고 했던가?"
"그래, 소관치."
"설마… 죽산 소가장의 행방불명됐다던 그……."
"맞아."
관치는 많이도 알고 있다는 듯 고개를 끄덕거렸다.
태청아는 순순히 정체를 밝히는 관치의 모습에 진짜 말문이 막혀 버렸다.

◈　◈　◈

"관치 그자, 소민과 청아의 관계를 알고 접근을 했군."

봉태주는 한동안 막혀 있던 의문이 해소된 듯 소주아를 바라봤다.

"아무래도 그런 것 같죠? 처음 오라버니의 이야기를 전해 들었을 땐 겨우 여자 하나 때문에 집을 나가 그 고생을 했다는 것에 황당하기도 하고 어이가 없기도 했죠. 하지만 이야기를 듣다 보니 결국 오라버니가 가출한 이유는 단순히 강해져서 돌아오는 게 다가 아니란 생각이 들더군요. 소민 언니에게 약속했던 말, 생각보다 많은 의미를 담고 있었던 거죠."

소주아의 입에서 관치와 소민의 이야기가 튀어나오자 봉태주의 입술이 다시 한 번 실룩거렸다.

"어때요? 이길 수 있을 것 같아요?"

"평정문 따위는 오래선에 논외였다."

"호, 그래요? 그렇게 무시할 정도의 논외 대상이 무림에 들어오면서 가장 먼저 해치워야 할 목표였다, 이건가요?"

"나와는 상관없는 일이다. 문의 장로들이 겁이 많다 보니 그렇게 된 것뿐."

"뭐, 꿈보다 해몽이니 그 부분은 따지지 않기로 하죠. 하지만 한 가지는 확실히 해두기로 하죠. 고군분투(孤軍奮鬪)라는 말 모두가 들어봤을 거예요. 오라버니가 치기 어린 마음에서 집을 뛰쳐나갔는지는 모르지만, 그 품은 뜻은 결코 작지 않았다는 겁니다. 남의 도움도 없이 힘에 겨운 일을 시작했고, 또 그것을 지켜 온 것이죠."

"사내라면 누구나 그 정도 길은 걸어야 한다. 관치 그자만 특별한 게 아니란 소리다."

"당연한 말은 강조하지 않기로 하죠."

소주아는 정복문 사람이 하는 말엔 아예 목숨을 걸고 제지하기로 마음먹은 사람처럼 이번에도 절대 그냥 넘어가지 않았다.

◎　　◎　　◎

"어떻게 이럴 수가 있죠?"

존칭이라곤 배운 적 없었던 사람처럼 말을 함부로 하던 태청아의 말투가 변화를 일으켰다.

"이런 식으로 만나면 안 되는 것인가?"

"지금 그걸 말이라고 해요?"

태청아는 어이가 없다는 표정으로 관치를 바라봤다.

"언니는, 언니는 어디에 있죠?"

태청아는 당장이라도 달려갈 것처럼 손소민의 위치를 물었다.

"정말 모르는 건가?"

"무슨 뜻인가요?"

관치는 의미를 모르겠다는 듯 자신을 바라보는 태청아의 모습에 길게 한숨을 내쉬었다.
"무슨 뜻이냐구요!"
"얼마 전 정복문의 공격에 목숨을 잃었다."

◈　◈　◈

"웃기지 마!"
용문진은 벌떡 몸을 일으키며 버럭 소리를 질렀다.
"분명히 소관치는 20년간 갇혀 있다가 겨우 사천에 나타났다. 정복문은 물론 우리가 누군지조차 모르는 상태였단 말이다. 그런데 갑자기 모든 걸 알고 있다는 듯 이야기하다니, 누굴 바보로 아는 것이냐!"
용문진의 외침에 함께 이야기를 들었던 사람들 역시 고개를 끄덕였다. 뭔가 앞뒤가 맞지 않는 것이다.
"소 소저, 우리가 듣기에도 이야기가 좀 이상합니다. 관치 그 사람은 소민 아가씨가 목숨을 잃던 과정에 정복문이란 존재는 전혀 모르는 것 같았습니다."
진하석은 왜 갑자기 이런 식으로 이야기가 전개되느냐며 어리둥절한 표정을 지었다.
소주아는 사람들의 반응에 차분한 어조로 답변을 시작했다.

"여러분들은 이 이야기가 어디서부터 어디까지 진실이라고 생각하는지 궁금하군요."

"그게 무슨……. 사실을 근간에 두고……."

진하석은 그건 또 무슨 소리냐며 어리둥절해하더니 '모두 있었던 일.' 아니냐며 소주아를 바라봤다.

진하석의 말에 조용히 이야기를 듣고 있던 관치가 입을 열었다.

"이야기는 이야기일 뿐 그 이상도 이하도 아니라고 했던 것으로 기억합니다만."

"그런……."

진하석은 지금 사람을 가지고 노는 거냐며 짜증 섞인 표정이 되었다.

"애초에 이야기를 듣던 여러분들도 이런저런 이야기를 뒤섞어 짜 맞춘 게 아니냐며 물어보지 않았습니까."

관치는 진하석의 표정에 억울하다는 얼굴이 되었다.

"그럼 진짜 지어낸 이야기였다는……."

진하석은 어떻게 그럴 수 있냐며 허탈한 눈빛을 띠었다.

"그저 이야기였을 뿐인데 왜 그렇게 허탈해하는지 모르겠군요."

"이런 사기꾼 같으니라고!"

진하석은 관치를 용서할 수 없다는 듯 앞으로 달려 나왔다. 그러나 그를 말리는 표사들 때문에 뜻을 이룰 수는 없었다.

"그것참, 진짜라고 말해도 거짓말하지 말라며 따질 땐 언제고 이제 와선 반대로 열을 내다니 영문을 모르겠군."

관치는 왜 자신이 욕을 먹어야 하는지 모르겠다며 시큰둥한 표정을 지었다. 자신은 그저 주어진 이야기를 들려주었을 뿐이니 아무런 책임이 없다는 얼굴이었다.

"아니, 그렇게만 볼 수는 없네. 그것을 거짓이라고 할 만한 근거는 없네."

관치가 들려주었던 이야기가 모두 조작된 것이란 생각에 배신감을 느끼던 사람들은 제갈선의 말에 고개를 돌렸다. 다른 사람도 아니고 무림의 지낭이라는 제갈선의 말이라면 일단 들어볼 만한 가치가 있었기 때문이다.

"모두들 잠시 망각한 것 같아서 하는 말이네만, 왜 이런 일이 벌어졌는가 하는 것이네. 이젠 대충 눈치들 챘겠지만 관치는 정복문과 모종의 대결을 펼치고 있네. 이 정도까지 상황이 흘렀으면 설사 바보라 해도 알아챌 정도지."

사람들은 제갈선의 말에 자신들도 그 정도는 눈치챘다는 듯 고개를 끄덕였다.

"방금 용가 가주의 말처럼 당문 혈사가 있던 시점에 관치는 정복문의 존재를 모르고 있었으니 지금 소주아가 하는 말은 앞뒤가 맞지 않는다 생각할 수도 있네."

"그렇습니다."

잔하석은 처음부터 이야기를 들어왔으니 모든 걸 알고 있다는 듯 단호한 음성이었다.

"그런데 지금 와 돌이켜 보니 이상한 점이 아주 많아."

"네?"

제갈선의 입에서 이상한 점이 많다는 말이 흘러나오자 사람들은 어느 부분이 이상하냐며 그에게 시선이 집중되었다.

"이 부분은 처음부터 함께 이야기를 들으셨던 조 선배님이 도와주셔야겠습니다. 저는 중간에 끼어들어서……."

제갈선은 조성은에게 잠시 도움을 청했다.

"그렇게 하세."

조성은은 제갈선 쪽으로 자리를 잡더니 뭐든지 물어보라는 표정을 지었다.

"제가 알기론 조 선배님도 처음부터 관치와 함께 움직이신 건 아니라 알고 있습니다."

"그러네. 무한에 찾아가 직접 만났으니 말이야. 그전엔 어디서 뭘 하고 다녔는지 딱히 말을 하지 않더군."

"일단 첫 번째 의문점은 당문 혈사는 그렇다 쳐도, 소가장이나 한림서원 등이 공격을 받은 부분 말입니다."

"무한에서 만났을 때 이야기를 해주었지."

"네, 소관치 입장에선 집이 공격을 당하고 가족이 위험에 처한 이야기 아닙니까."

"그렇지."

"그런데 그 반응이라는 게 생각보다 격정적이지 못하더군요. 만약 제가 그런 일을 당했다면 다른 일은 둘째치더라도 당장 달려갔을 겁니다. 다른 사람들은 어떻습니까? 소관치처럼 잠시 놀라는 표정을 짓고 안전하다는 말에 고개를 끄덕이고 말 것입니까?"

제갈선은 관치가 그런 태도를 취할 수 있었던 것이 조성은을 만나 소식을 듣기 전에 이미 알고 있었기 때문이 아닌가 하는 의견을 낸 것이다.

"음, 어느 정도는 설득력 있는 추론입니다."

진하석은 일정 부분 그렇게 볼 수도 있지만 여전히 모든 것을 알고 있었다고는 보기 어렵다 말했다.

"그 부분만 가지고 전체를 이야기하기엔 여전히 부족한 부분이 있지. 조 선배님, 선배님은 뭔가 이상하다고 느낀 점이 없으십니까?"

"이상한 부분이라……."

"관치 저 사람이 들려준 이야기는 제가 등장하는 부분도 그렇고 관치와 직접 만나거나 움직였던 사람들에겐 모두 있었던 일들입니다."

"그건 그렇지."

"그렇다면 앞에 들려준 이야기도 분명히 거짓이 아닌 실제로 있었던 이야기일 가능성이 높다는 뜻입니다. 단지 그런 행동을 하고 다닌 것이 아무것도 몰라서가 아니라 모든 걸 알고 있는 상황에서 의도적으로 모두를 기만한 게 아닐까

하는 생각이 들더군요."

 사람들은 제갈선의 말에 곰곰이 생각에 빠지더니 관치가 취했던 행동이나 말 등에서 이상한 점을 찾아내고자 고민하기 시작했다.

 다른 곳에서 똑같은 이야기를 들었던 정복문의 사람들도 자신들이 놓친 부분이 있나 싶어 고민에 빠지긴 마찬가지였다. 관치가 벌인 이 모든 일들은 분명히 자신들과의 대결이 핵심이었다. 단순히 관치 자신을 찾지 못하기 위해 수많은 이야기꾼을 고용하고, 또 자신의 이야기를 하게 하지는 않았을 게 아닌가.

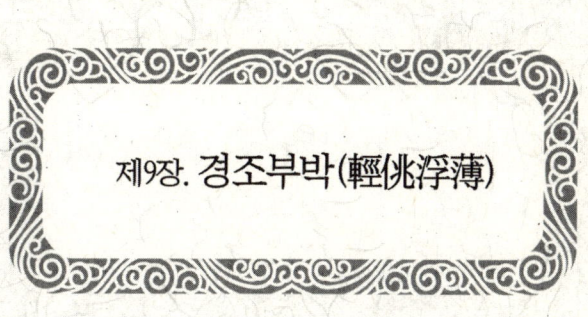

제9장. 경조부박(輕佻浮薄)

경조부박(輕佻浮薄)

-말과 행동이 침착하지 못하고 신중하지 않은 것을 가리키는 것

"저는 이미 의문을 제시한 적이 많았습니다."

손소민의 정체가 제갈현선으로 밝혀진 뒤 조용히 상황을 주시하고 있던 임표표기 입을 열었다.

"아, 맞습니다. 임 소저는 앞서 관치 그 사람의 시간적 오류를 지적했지요."

"우격다짐으로 맞추는 분위기라 계속 이야기하지 못했지만 무인각을 떠나 사천에 들어온 시점이 좀 이상합니다."

제갈선은 자신에게 마지막으로 관치를 만났던 기간을 물었던 임표표의 질문이 떠오르자 고개를 끄덕였다.

"그랬지. 두 달 정도 시간이 빈다고 했던가?"

"그렇습니다. 이십 년이 넘도록 그 오랜 시간을 인내했던

사람이 연인을 코앞에 두고도 지켜만 본 일이나, 우성각이란 객잔에 자리를 잡기 전 사천에 들어와 무슨 일을 하고 다녔는지 전혀 알려진 바가 없습니다. 아니, 의도적으로 이야기를 하지 않은 게 아닌가 하는 생각이 들더군요."

임표표의 말이 끝나자 이번엔 표사 한 명이 의심스러운 부분이 있다며 입을 열었다.

"처음 등장을 했을 땐 관치 그 친구 이십 년간 갇혀만 있었을 뿐이지, 무공이 강하다거나 뭔가 특별난 능력이 있다는 생각이 들지 않았습니다. 그런데 이야기가 흘러갈수록 상당한 실력의 고수들도 어렵지 않게 상대를 하던데 말입니다. 그 왜 있지 않습니까. 중간에 관치의 능력에 문제를 제기하며 그게 과연 가능한 일인지 따졌던 것들 말입니다."

"황금 전장의 곡식 창고에서 사용한 무공 말이군."

용문진은 관치의 무공에 있어 계속 문제를 제기했기에 바로 말을 받았다.

"그 정도 강한 힘을 가지고 있었다면 사천에서 쫓기고 있을 때 그렇게 어려움을 겪을 이유가 없지 않아야 정상 아닙니까?"

사람들은 표사의 말에 모두 망치로 얻어맞은 표정이 되었다. 생각해보니 이야기가 진행될수록 관치의 능력은 가늠하기 어려울 정도로 장족의 발전을 하고 있지만, 정작 쉽게 일을 풀어갈 수 있었던 처음 부분에는 땅굴을 더듬고 다니는 등 무척 어렵게 움직였다는 생각이 든 것이다.

표사는 자신의 말에 사람들이 크게 공감한 표정이자 신이 나서 다시 입을 열었다.

"결국 관치 그 친구 처음부터 의도적으로 그런 행동을 하지 않았냐, 이 말입니다. 만약에 제가 그렇게 대단한 무공을 지녔다면 당문 혈사가 있던 날 당장에 복수를 해버렸을 겁니다."

"저기, 저도 한 가지 이상한 게 있는데……."

이번엔 쟁자수까지 나서서 입을 열었다.

"말해보시게."

제갈선은 뭐든 좋으니 이상하다 느꼈으면 편하게 이야기하라고 했다.

"우성각에서 당문 사람들과 만나던 날 말입니다."

"연준희와 당문 사람들이 아침에 찾아왔던 일 말이군."

진하석은 이야기 도입부 아니냐며 쟁자수를 바라봤다.

"네, 그러니까 이상하지 않은 일일 수도 있지만……."

"상관없으니 이야기해봐."

"당문의 가주 당악충이 했던 말이 떠올라서 말입니다. 사실 당문의 가주가 얼떨결에 쫓겨나는 것도 좀 이해가 되지 않았지만, 당악충 가주는 별로 개의치 않고 자리를 물려주는 것 같더군요. 거기다 시간을 벌어주었으니 그사이에 일을 처리해야 한다고 했던가, 뭐 그런 이야기를 한 것 같은데……."

경조부박(輕佻浮薄) • 235

쟁자수는 정확히 기억이 나지 않는지 머리를 긁적였다.

"사흘을 벌었으니 그 안에 준비를 해야 한다고 했습니다."

이야기꾼 관치가 벌써 기억이 안 나는 듯 혀를 차더니 쟁자수의 가물거리는 기억을 도와줬다.

"맞습니다. 사흘을 벌었다는 말을 했습니다. 그런데 그러고 나서 며칠 뒤 당문 혈사가 벌어졌지 않습니까. 거기다 당악충 가주는 죽었다는 말도 없는데 그 뒤론 전혀 등장을 하지 않습니다."

사람들은 쟁자수의 말에 약속이나 한 듯 고개를 끄덕였다. 당문 혈사나 손소민의 죽음이 대두되는 바람에 정작 그런 부분들에 있어선 그다지 신경을 쓰지 않았던 것이다.

"그 부분을 이야기하니 한 가지 더 떠오르는 게 있어요."

임표표는 이마에 주름이 잡힐 정도로 기억을 되짚어보다가 다시 입을 열었다.

"당악충 가주가 했던 말인데 다들 기억하실 겁니다. 당 가주는 관치 그 사람을 만나고 상황에 맞지 않은 엉뚱한 말을 한마디 하더군요."

"아! 귀인을 만났다는 그 말 말씀이군요."

표사 한 명이 자신도 기억이 났다는 듯 박수까지 치며 맞장구를 쳤다.

"네, 바로 그 부분입니다. 사천의 종주인 당문의 가주가 겨우 객잔에서 장작이나 패는 사람을 만나 할 소리는 아니지 않나요? 혹시 당 가주는 관치의 정체를 알아차린 게 아니겠냐, 이 말이죠."

임표표는 자신의 생각이 그럴싸하지 않냐며 제갈선을 바라봤다.

"만약 그런 일이 있었다면 확실히 그냥 넘길 수 없는 부분이군. 당 가주가 관치에게 귀인이라고 말을 했다면 정체를 알고 있다고 보는 게 타당하겠어."

"그리고 당 가주는 가주 자리를 빼앗기고 뒤로 물러난 것처럼 보였지만, 사실 가주의 자리가 그렇게 쉽게 주고받을 수 있는 자리던가요? 어쩌면 관치를 만나 뭔가 알게 되었기 때문에 급히 가주 자리를 넘겨주고 사흘이라는 시간 동안 뭔가 준비를 한 게 아닌가 싶어요."

이번엔 제갈현선도 한마디 거들었다.

용문신은 관치가 사신들의 정체를 모르는 상대였으니 대청아를 만나 벌어지고 있는 일들이 현실성 없다 따져 물었지만, 하나둘 이야기 속의 일들이 심상치 않게 진행되었음을 깨닫자 표정이 돌처럼 굳어졌다. 만약 처음부터 의도적으로 사천에 나타난 것이라면 계획대로 추진되고 있다 믿었던 정복문의 무림행은 첫 단추부터 잘못 채워졌을 수도 있기 때문이다.

용문진은 대사형과 호태열의 표정을 살폈다. 자신과 비슷한 생각을 하고 있는지 궁금해진 것이다.

경조부박(輕佻浮薄) • 237

"확실히 문제가 있군."

"대사형도 그렇게 생각하십니까?"

"한림서원… 분명히 평정문의 외성 같은 곳인데 너무 허무하게 무너졌어."

"저 역시."

호태얼은 소가장을 공격했을 때 반항도 제대로 못하고 쓰러져 버린 이들을 떠올리며 뭔가 수작이 있었을지도 모른다는 생각이 들었다.

"용문진, 이야기 속에 다른 이상한 점은 없었나?"

"그게… 아! 사실 이상하다기보단 초반엔 중요 인물이었던 것 같은데 아예 등장을 하지 않는 사람들이 있습니다."

"그게 누구냐?"

"바로 당문의 생존자들입니다. 당민영과 당미란, 그리고 정보 단체인 흑점의 점주입니다."

당미란과 당민영 부분에선 별다른 반응을 보이지 않던 봉태주는 흑점 점주가 나타나지 않고 있다는 말에 소주아를 바라봤다.

"바삐 뛰어다니느라 다른 사람처럼 진득하게 이야기를 듣지 못했다. 그래서 듬성듬성 이야기를 들을 수밖에 없었지."

"그래서요?"

"나는 이빨 빠진 것처럼 정보가 분산되었다 쳐도 용문진은 잘 챙겨 들은 것 같지 않나?"

소주아는 용문진을 한 차례 바라보더니 고개를 끄덕였다.
"확실히 그런 것 같군요."
"세 사람은 어디에 있지?"
"모두 잘 있으니 걱정하지 않아도 될 겁니다."
 사람들은 당민영과 당미란, 그리고 화월각주가 잘 있다는 말에 '이건 또 어떻게 돌아가는 거야?' 하는 표정을 지었다. 제갈가에서 실종 처리된 이들이 잘 지내고 있다니. 그렇다면 애초부터 그들의 실종 사건은 관치의 계략이었단 말인가?
 사람들은 설마 하는 표정으로 소주아를 바라봤다.
"그건 저보다 먼저 이야기했던 사람이 잘 알지 않겠어요?"
 소주아는 사람들의 시선을 관치 쪽으로 몰아주더니 자신도 궁금하다는 표정을 지었다. 태도를 보니 소주아 역시 그 사건에 대해선 아는 게 많지 않은 눈치였다.
 관치는 자신에게 이야기를 떠넘기는 소주아를 빤히 쳐다보다가 고개를 저어버렸다.
"그건 나보다 화산검협에게 물어보는 게 더 정확할 것 같은데."
 소주아의 말에 관치에게 고개를 돌렸던 사람들은 '화산검협?' 하는 얼굴이 되더니 객잔 구석 자리에 앉아 꾸벅꾸벅 졸고 있는 자칭 연준하에게 시선을 돌렸다.
 연준하 곁에 앉아 멀뚱멀뚱 이야기를 듣고 있던 자칭 연준

경조부박(輕佻浮薄) • 239

하의 사제라는 민덕수는 사람들의 시선이 자신들 쪽으로 집중되자 급히 연준하의 옆구리를 찔렀다.

"음냐, 왜……."

"사형. 사형!"

"아, 피곤해 죽겠는데!"

연준하는 사제 민덕수의 부름에 짜증 섞인 표정으로 눈을 떴다.

"저기 사람들이 뭔가 해달라는 것 같은데……."

"응? 뭘?"

연준하는 임무 완료로 더 이상 할 말이 없는 자신에게 뭘 원하는지 모르겠다며 사람들을 바라봤다.

"당문의 생존자들과 화월각주가 어디에 있는지, 또 제갈가에서 어떻게 된 건지 알고 있다던데 이야기 좀 해보시지."

진하석은 이 와중에 졸고 싶냐는 듯 연준하에게 찌릿한 눈총을 줬다.

"에? 그 사람들은 실종되었잖아요. 그걸 제가 어떻게 압니까?"

연준하는 모르는 일이라며 딱 잡아뗐다. 그러자 사제 민덕수가 답답하다는 듯 이미 다 알고 있으니 어서 이야기하라고 했다.

"뭐? 그걸 어떻게 알아. 그건 이야기하지 말라고 했잖아."

연준하는 화들짝 놀란 얼굴로 민덕수를 바라봤다.

"그게, 저기 아가씨가 엉뚱한 소리를 하는 바람에……."

연준하는 엉뚱한 소리의 대상이 돼버린 소주아를 바라보며 한심하다는 듯 입을 열었다.

"그러게 이야기할 사람이 해야지, 엉뚱한 것들이 끼어드니 일이 개판이 되잖아. 하여간 오지랖 넓은 것들이 하나씩 꼭 있어."

연준하는 소주아를 향해 아예 대놓고 찍어버렸다.

"말씀이 지나치십니다."

소주아는 거침없는 말투로 무안을 주는 연준하의 모습에 적지 않게 당황한 모습이 되었다.

"지나치긴 뭐가 지나쳐. 누군 목숨까지 걸고 이 짓 하고 있는데 시키지도 않은 짓을 해대니 일이 꼬이는 거 아니냐, 이 말이야. 지금 우리가 이야기나 하고 다닌다고 개무시하는 거야?"

연준하는 졸린 눈을 비비며 앞으로 나서더니 소주아 쪽으로 걸어가며 계속 짜증을 냈다.

"그럴 리가 있겠습니까. 저는 단지 도움이 될까 해서……."

"시끄러! 연장자가 말을 하는데 꼬박꼬박 말대꾸야."

사람들은 알랑방귀를 뀌며 눈치나 보던 연준하가 한숨 자고 일어나더니 완전히 돌변해버리자 '이건 또 뭔 사태냐?' 하는 표정이 되었다.

"야, 관치, 넌 일을 어떻게 처리했기에 일이 이 모양이 되도록 내버려 둔 거야?"

"뭐? 이게 어디서 짜증이야. 난 여기 객잔에 도차하면서 일 끝난 거 몰라? 그러는 너야말로 왜 졸고 지랄이야? 넌 계속 보조해야 하는 거 아니었냐?"

관치와 연준하는 이곳에 도착하기까지 서로 모르는 사이라며 물고 물리는 관계를 형성하더니, 객잔에 와선 언제 그랬냐는 듯 완전히 다른 사람처럼 행동하기 시작했다.

"뭐야? 너 이 자식, 아무리 일이라곤 하지만 말 함부로 할래?"

"뭐? 너 많이 컸다."

연준하와 관치는 당장이라도 한판 붙을 듯 서로를 향해 으르렁거렸다.

"저기… 두 분이 그러시면 제가 난처해지잖아요."

소주아는 괜한 이야기를 꺼내는 바람에 두 사람이 싸우는 상황이 되자 난감한 표정을 지었다.

"소주아라고 했지?"

연준하는 주아를 바라보며 귀를 후비더니 훅 하고 귀지를 털어냈다.

"아, 네."

"너 그런 식으로 자꾸 헛소리하면 네 오라비에게 맞아 죽는 수가 있다."

"네… 에?"

소주아는 누가 보든 말든 상관없다는 듯 안하무인격으로 말을 해대는 연준하의 모습에 어떻게 상대를 해야 할지 판단이 서지 않았다.

"야, 연준하, 너야말로 그따위로 말하다간 관치 그 인간에게 맞아 죽기 딱 십상이다."

"뭐야? 이런 썅! 너 내가 노리고 있다. 그만 건드려라."

"어쭈, 노리긴 개뿔이 노려?"

연준하는 웃기지 말라는 듯 콧방귀 뀌는 관치의 태도에 표정이 굳어지더니 '허' 하는 웃음소리를 냈다.

"나와, 이 새꺄!"

"허허, 나오라면 누가 무서워할 줄 알아? 그래, 오래 참았다. 오늘 끝장을 보자!"

사람들은 당문 생존자들이 어디에 있는지 물어보려던 것이 두 이야기꾼의 감정 싸움으로 변질되자 얼떨떨한 표징이 되었다.

"말려야 하는 거 아냐?"

표사들은 이러다 누구 하나 다치는 것 아니냐며 불편한 표정이 되었다.

"사부님, 어떻게 하죠?"

소주아는 자신 때문에 일이 이상하게 되어버리자 당혹감을 감추지 못했다.

"끙, 그게 나도 뭐가 뭔지 모르겠구나."

사마건은 느닷없이 한판 붙자며 밖으로 나가버린 두 사람을 보며 황당하기는 마찬가지였다.

"안 되겠어요. 일단 말려야지."

소주아는 마음이 앞서는 바람에 끝내 실수를 했다는 생각이 들자 싸움을 말려야 한다며 밖으로 달려 나갔다.

소주아가 달려 나가자 멀뚱한 표정으로 사태를 지켜보고 있던 표국 사람들도 어슬렁거리며 몸을 일으켰다. 싸움을 말리든 구경하든 일단 나가보자는 생각이 든 것이다.

꽝!

막 객잔 밖으로 걸어 나가던 표사들과 쟁자수들은 요란한 충격음과 함께 창백한 얼굴을 하고 바닥에 주저앉아버렸고, 짜증스런 얼굴로 자리에 앉아 있던 정복문 사람들은 얼굴빛이 변하더니 밖으로 몸을 날렸다. 남궁철과 제갈선 역시 엄청난 경력의 충격음이 들려오자 망설임 없이 밖으로 달려 나갔다.

"이, 이게……"

"설마 저 두 사람이 이런 거야?"

객잔 밖으로 달려 나온 사람들은 땅거죽을 푹푹 뒤집어놓고 서로를 노려보고 있는 관치와 연준하를 발견하고 충격에 휩싸였다. 두 사람을 따라 나왔던 소주아는 물론 어느 누구도 지금 이 상황을 믿을 수 없다는 듯 입이 쩍 벌어졌다. 유일하게 연준하의 사제 민덕수만 골치 아프게 됐다는 듯 머리를 싸안고 있을 뿐이다.

"오호, 많이 늘었다. 그래서 그렇게 달랑댄 것이냐?"

연준하는 의외라는 듯 관치를 바라봤다.

"웃기는 자식이네. 누가 보면 네가 나보다 센 줄 알겠다?"

"벌써 잊었냐? 두 달 전엔 한 번만 봐달라고 싹싹 빌던 녀석이 그새 소림사에 가 대환단이라도 훔쳐 먹은 거냐?"

"대환단 같은 소리 하고 있네. 그럴 시간 있으면 한 푼이라도 더 벌겠다. 그런 귀찮은 짓을 뭐 하러 하냐?"

관치는 연준하를 향해 주먹을 불끈 쥐어 보이더니 '이거나 먹어라.' 하는 표정을 지었다.

"이런 염병할 놈이!"

연준하는 험악한 인상을 쓰더니 관치를 향해 달려갔다.

"그래, 어디 한번 해봐!"

관치 역시 질내 질 생각이 없다는 듯 불끈 쥔 주먹을 내밀며 연준하와 부딪쳤다.

연준하와 관치의 주먹이 엇갈리는 순간 또다시 터져 나오는 충격파!

관치와 연준하의 모습에 현실과 비현실이 어디쯤인지 모르겠다는 듯 멍하니 바라보고만 있던 몇몇 사람들은 후왁! 소리를 내며 밀려드는 충격파에 벌러덩 넘어가버렸다.

반면 관치와 연준하의 대결을 보고 있던 정복문 사람들이나 절정급 이상 고수들은 도무지 이해가 되지 않는다는 표정을 지었다. 주먹을 쥐고 달려갈 때는 뒷골목 주먹패들과 다를 바 없었는데, 막상 주먹이 부딪칠 때는 최소 근종에 접어든 무인들이나 보여 줄 법한 권기를 뿜어낸 것이다.

"우왁! 죽어!"

"너나 죽어!"

두 사람은 결국 성질을 이기지 못하고 마구잡이로 주먹을 날리기 시작했고 그럴 때마다 주변 땅거죽은 배를 드러내며 퍽퍽 뒤집어졌다. 딱히 초식이랄 것도 없이 막싸움하듯 서로를 공격하는 통에 밖으로 나왔던 사람들은 급히 거리를 벌려야 했다.

퍽퍽!

빡!

"캐액! 이 자식이 어디다 꼴통을 내밀어!"

빠각!

"우욱! 내 갈비뼈가……."

꽝! 쿵쿵! 뻑! 뻑!

"으악!"

"죽어!"

"크엑!"

"누가 할 소리!"

두 사람의 싸움을 말려야 한다며 달려 나왔던 사람들은 서로 눈치를 보기 시작했다. 계속 구경만 하다간 누구 하나 분

명히 죽을 것 같은데 막상 말리려 해도 끼어들 구석이 보이지 않은 것이다.

거기다 싸우는 모양을 보면 왈패 개싸움 하듯 마구잡이로 치고받고 하는데, 상대를 치는 주먹이나 그 주먹을 대놓고 맞는 몸뚱이는 극강급 고수 이상이었던 것이 아닌가.

결국 자칫 잘못 끼어들었다간 말리는 것은 고사하고 두 사람 주먹에 맞아 죽을 수도 있으니 누구 하나 나설 수가 없게 된 것이다.

두 사람의 싸움에 발을 동동 구르며 '이건 아닌데'를 외치던 소주아는 더 이상 안 되겠다는 듯 경력이 휘몰아치는 두 사람에 앞에 털썩 무릎을 꿇었다.

"제가 잘못했어요. 제가 경솔했어요. 제발 그만 싸우세요!"

소주아는 주먹만 한 돌이 횡횡 날아다니는 격전지 앞에서 제발 용서해달라고 부탁했다.

"이런 젠장! 저리 안 가!"

"미친 거 아냐?"

두 사람은 무방비 상태로 무릎을 꿇고 있는 소주아 때문에 더 이상 공격을 주고받지 못하고 급히 거리를 벌렸다.

소주아는 두 사람이 주먹질을 멈추고 떨어지자 벌떡 몸을 일으키더니 그 사이로 끼어들었다.

"제가 잘못했어요. 한 번만 용서해주세요."

소주아는 애절한 목소리로 다시 한 번 싸움을 멈춰달라고 부탁했다.

"퉤!"

"카악! 퉤이!"

 관치와 연준하는 입안에 고인 핏물을 거칠게 뱉어내더니 입가를 쓱쓱 문질렀다.

"야, 관치, 운 좋은 줄 알아. 오늘은 요 녀석 때문에 이 정도에서 참는다."

"너야말로 운 좋은 줄 알아. 소주아 아니었으면 넌 오늘 초상 치렀어!"

 연준하와 관치는 서로 운 좋은 줄 알라며 고성을 주고받더니 기분 잡쳤다는 듯 객잔 쪽으로 발길을 돌렸다.

 객잔 입구를 막고 있던 사람들은 분분히 물러서며 두 사람이 지나갈 수 있도록 길을 만들어주었다. 아무리 봐도 무공 고수와는 거리가 멀어 보이면 두 사람이 감히 쳐다보기도 힘든 높은 경지에 이르렀음을 알게 되자 오금이 저린 것이다.

 거기다 객잔에 도착하면 임무가 끝이라더니 그 뒤론 성격까지 돌변한 상태가 아닌가 말이다. 그것도 아주 성질이 더럽다는 걸 화끈하게 증명했으니 누구도 시비를 걸거나 타박할 엄두를 내지 못했다.

 다시 각자의 자리에 털썩 주저앉은 두 사람은 끙끙거리며 얼굴과 몸을 쓰다듬기 시작했다. 성질을 참지 못하고 난타를 벌일 때는 그나마 참을 만하더니 막상 자리에 앉고 나니 통증이 확 밀려온 것이다.

"젠장. 아, 짜증나. 도대체 무당엔 언제 가는 거야!"

연준하는 옆구리를 쓸어내리며 고통스런 표정을 지었다.

"그걸 내가 어떻게 알아. 언젠간 가겠지. 괜히 성질 건들지 말고 조용히 있어."

관치는 입안을 우물거리더니 부러진 이빨 하나를 뱉어내며 연방 거친 욕설을 외쳐 댔다.

"잘 자고 있는 놈 건든 건 너잖아. 애가 헛소리하면 막을 생각은 않고, 쯧쯧쯧."

연준하는 끙끙거리는 몸을 한쪽으로 뉘더니 숨을 몰아쉬었다.

"괜찮으세요? 제가 생각이 부족해서 그만……. 정말 죄송해요."

두 사람을 따라 객잔 안으로 달려온 소주아는 안타까운 표정으로 거듭 사과를 했다.

"경조부박(輕佻浮薄)이라 했다. 그딴 식으로 입을 놀리려면 그냥 집에 가!"

"잘못했어요……."

소주아는 연준하의 호통에 어깨를 축 늘어트렸다.

"젠장. 의족 영감, 제자 좀 데려가쇼. 아. 질질 짜지 마!"

연준하는 소주아의 눈에서 눈물이 뚝뚝 떨어지자 질겁한

표정을 지었다.

"험험, 주아야, 앞으로 잘하면 되지 않겠느냐. 일단 이쪽으로 오너라."

사마건은 헛기침을 해대며 소주아의 팔을 잡아끌었다.

"네……."

소주아는 힘 빠진 목소리로 사마건을 따라 자신의 자리로 돌아갔다.

느닷없이 폭풍이라도 몰아친 듯 객잔 안 분위기는 한동안 엉망인 상태로 그렇게 시간이 흘러갔다.

―대사형, 이게 어떻게 된 일인지.

용문진은 설마 관치와 연준하가 근종급 고수였을 줄은 상상도 못했는지 당황한 음성이었다.

―나도 생각 중이다. 설마 이야기꾼들이 모두 이런 건 아니겠지?

봉태주 역시 전혀 상상치 못한 일이 벌어지자 떨떠름하기는 마찬가지였다. 만에 하나 무당을 향하고 있는 이야기꾼들이 다 저들과 같다면 무림인들을 한 번에 쓸어버린다는 계획을 전면 수정해야 할 판이었다. 결실급이라면 그나마 어찌해보겠지만 근종에 이른 고수들이 십수 명이나 모이게 되면 아무리 정복문의 힘이 강하다 해도 쓸어버린다는 등의 말은 저 멀리 던져 버려야 했다. 자칫하면 중원 무림과 양패구상을 할 수도 있는 일이었다.
 -각 문파는 물론 무림 세가까지 근종급은 많아봐야 셋을 넘지 못했다.
 -십 년에 걸쳐 조사한 일입니다. 잘못됐을 리가 없습니다.
 -그렇다면 저자들은 뭐냔 말이다!
 봉태주는 하늘에서 뚝 떨어진 것처럼 근종급 고수의 수를 늘려 버린 관치와 연준하 때문에 또다시 계획이 흔들리자 부글거리던 속이 시커멓게 타들어가는 느낌을 받아야 했다.
 -관치 저자가 관치일 가능성은 어느 정도라고 생각하십니까?
 용문진은 대사형 말대로 이야기꾼 관치가 자신들이 찾는 관치일 가능성이 있느냐고 질문을 던졌다. 처음엔 대사형의 말처럼 관치일 수도 있다고 생각했지만 방금 사건으로 다시 오리무중이 되어버렸다.
 '다른 건 둘째 치고 몸뚱이는 근종 이상이라고 봐야 할 정도니······.'
 용문진은 아무리 자신이 강하다 해도 근종급 고수의 주먹을 저들처럼 무식하게 얻어맞을 자신이 없었다.
 '관치 이 인간, 도대체 무슨 짓을 꾸미는 것이냐!'
 용문진은 점점 감을 잡을 수 없는 관치의 계략에 어찌 장단을 맞춰야 할지 판단이 서지 않았다.

제10장. 남선북마(南船北馬)

남선북마(南船北馬)

-남쪽은 물이 많아 배를 타고 북쪽은 땅이 많아 말을 탄다는 뜻으로,
여기저기 바쁘게 돌아다닌다는 것

"헉헉, 관치 이 새끼 나와!"

이야기꾼 두 사람이 대판 싸우는 바람에 썰렁한 분위기에 빠져 있던 객잔 안에 누군가가 버럭 소리를 지르며 뛰어 들어왔다.

뻐근한 몸을 풀어내며 상처를 돌보고 있던 관치의 얼굴이 와락 구겨졌다.

"빨리 안 나와?"

사람들은 객잔 안에 들어와 고래고래 소리를 지르는 사람이 관치의 편지를 관치에게 전하던 바로 그 사람임을 알아봤다. 단지 처음 왔을 때와 달리 곳곳이 먼지투성이고 옷도 군데군데 찢어져 있었다.

"젠장."

관치는 누런 봉투를 들고 관치를 보려보는 사내를 발견하고 긴 한숨을 내쉬었다. 몰골을 보니 어디서 한판 거하게 뜨고 열이 잔뜩 받은 것 같았다.

"난 한 푼도 줄 수 없으니 전할 말 있으면 어서 전해주시오."

"나도 관치 네놈들에게 돈 같은 거 받을 생각 없다. 대신에 화풀이는 좀 하고 가야겠다."

사람들은 관치에게 화풀이를 하겠다는 사내의 말에 눈이 휘둥그레졌다. 그렇지 않아도 괴상한 일을 맡은 바람에 하루 종이 무당산 자락을 뛰어다니게 된 사연을 알고 있었기에 그의 억울함을 모르는 것은 아니었다. 그러나 이미 이야기꾼 관치는 자신들이 알고 있던 그냥 그렇던 평범한 이야기꾼이 아니었다.

'아, 책임감 있어 보이던 사람이던데 여기서 저 사람 운도 끝이로구나.'

사람들은 안타까운 표정으로 편지를 들고 있는 사내를 바라봤다.

"화풀이라니, 그게 무슨 소립니까?"

관치는 고개를 갸웃거리며 이해가 되지 않는다는 표정을 지었다.

"내가 말이야, 은자 부스러기 하나 챙긴 것 때문에 하루 종일 뛰어다녀 죽을 것 같거든."

"그건 모두 아는 사실 아니오."

"좋아, 은자 부스러기에 일을 맡았으니… 아니 내가 생각이 짧아 멍청한 부탁을 받았으니 그것도 그렇다 치자고."

"그런데요?"

"그런데 이 빌어먹을 관치 자식들이 수고한다는 말 한마디 안 해주더라고."

"아, 그건 좀 화가 나는 일이군요."

관치는 사내의 노고와 억울함을 충분히 이해한다는 듯 고개를 끄덕거렸다.

"그래서 방법을 좀 바꿨지."

"그 방법이라는 게 관치들에게 화풀이하는 것이라면……"

"바로 그것이지. 편지는 네놈들 원하는 대로 계속 전해주지. 하지만 최소한 답답한 마음은 풀면서 일을 해야겠어."

진하석은 사내의 말에 급히 앞으로 나섰다.

"이보시오, 나이도 적지 않아 보이는데 괜히 몸 상하지 말고 그냥 가시는 게 어떻겠소. 관치 저 사람은 보통 사람들이 어찌해볼 수 있는 사람이 아니오."

못해도 50살은 넘어 보이는 사내가 겁도 없이 무림인에게 화풀이 운운하자 걱정이 앞선 진하석이 결국 앞으로 나선 것이다.

"그래? 이놈도 힘깨나 쓰는 관치란 말이지."

진하석은 사내의 말에 자신도 모르게 움찔한 표정이 되었다.

'이놈도 힘깨나 쓰는 관치?'

 물론 관치와 연준하가 치고받기 전이라면 그게 뭘 뜻하는지 이해하지 못했겠지만 지금은 힘깨나 쓰는 관치란 말이 유별나게 잘 들렸다.

 씩씩거리는 사내의 말은 진하석을 제외하고도 객잔 안에 있는 많은 사람들의 표정을 흔들어놓기에 충분했다. 특히 이야기꾼들이 설마 전부 고수들인가, 라는 의문을 가지고 있던 정복문 봉태주에겐 천둥소리처럼 매우 선명하고 강하게 들려왔다.

"일단 나와. 편지는 받아야 할 것 아냐."

 관치는 다시 한숨을 내쉬더니 사내에게 편지를 받아들고 내용을 읽기 시작했다. 그런데 처음 편지를 가져왔을 땐 별다른 반응을 보이지 않던 관치가 이번 편지엔 얼굴색이 살짝 변화를 일으켰다.

 관치의 얼굴을 살피고 있던 사람들은 편지에 뭔가 특별한 사항이 담겨 있음을 알아챘지만 그게 뭔지는 알 수 없었다.

 관치는 편지에 몇 자 적더니 가지런히 접어 봉투에 집어넣었다. 그리고 예상외의 행동을 하는 것이 아닌가.

"괜한 일에 엉켜들어 고생이 많으십니다. 오가는 길에 목이라도 축이십시오."

관치는 정중한 태도로 편지를 건네더니 그 위에 은자 3냥을 올려놓았다.

사내는 관치가 준 은자를 돌멩이 버리듯 휙 던져 버리더니 '이건 아니지.' 하는 표정을 지었다.

"아하하, 금액이 마음에 들지 않으시면……."

"됐다니까. 처음 왔을 때 말했잖아. 돈은 됐고 화풀이나 좀 하자고."

사내는 편지를 품 안에 갈무리하더니 목을 좌우로 흔들며 가볍게 몸을 풀었다.

우두둑, 우두둑.

뼈마디에서 들려오는 마찰음이 사람들의 얼굴을 더욱 어둡게 만들었다. 사내의 하는 짓이 꼭 건달들 양민 겁주는 형태로 보였기 때문이다.

"이놈의 관치 새끼들! 내가 만만해 보이든! 어지간하면 조용히 묻혀 살려고 했는데 감히 어른을 가지고 놀아?"

사람들은 사내의 운명이 여기까지라는 듯 명복을 빌어주다 또다시 이해 못할 사건이 발생하자 입이 쩍 벌어졌다.

사내가 눈까지 부라리며 손을 들어올리자 관치가 넙죽 엎드리며 빌기 시작한 것이다.

"어르신, 제가 고의로 그런 게 아닙니다. 그러니까 이 일은 말입니다, 관치란 인간이 있는데 말입니다. 아, 그러니까 제가 아니고 진짜 관치란 놈이……."

남선북마(南船北馬) • 259

"알아."

"네?"

"앞에서 여섯 놈도 똑같은 소리를 하더라고."

"아하하……."

"날아라!"

 사내는 엎드려 있던 관치를 향해 양손을 흔들더니 엉뚱하게도 '날아라'를 외쳤다. 그런데 어이없게도 관치의 몸이 진짜 붕 떠오르는 게 아닌가. 사람들은 헛바람을 들이켰는지 동시에 '헉' 소리를 내며 눈이 주먹만 해졌다.

 사내는 공중으로 붕 떠오른 관치의 목을 사정없이 움켜쥐더니 뺨을 올려치기 시작했다.

 짝! 짝! 짜짝!

"쿠엑! 어른신, 그게 아니라니까요!"

"시끄럽다, 이놈아. 혀 깨물기 싫으면 입 다물어."

"으흡."

 짝! 짝! 짝!

 관치는 사내의 말에 더 이상 말도 못하고 입을 다물더니 꼼짝도 못하고 뺨을 얻어맞아야 했다.

 객잔 안은 썰렁함을 넘어 적막감에 휩싸였고 관치의 뺨에서 짝짝거리는 소리만 계속해서 흘러나왔다.

"그래도 네놈은 싸가지가 있어 보이니 이 정도로 끝내겠다."

"우우욱, 가, 감사합니다. 우엑."

관치는 사내의 손에서 벗어나자 입안에 고여 있던 피를 쏟아내더니 여전히 고개를 들지 못하고 부들부들 떨었다.

"어디 보자. 이제 네 놈만 더 잡으면 되겠군. 감히 은자 부스러기로 이런 잡다한 일을 시키다니. 다 죽었어!"

사내는 개운한 표정과 기대 섞인 표정을 지어 보이더니 객잔 밖으로 모습을 감췄다.

"괜찮은 것인가?"

조성은은 사내가 모습을 감추자 관치를 부축했다.

"크으윽, 꽤, 괜찮습니다. 이 정도로 끝나서 다행입니다."

사람들은 근종급 고수의 입에서 이 정도로 끝나서 다행이라는 말이 흘러나오자 얼굴이 핼쑥해졌다. 편지를 나르던 사내가 도대체 누구기에 관치 같은 고수가 꼼짝도 못하고 뺨을 수십 대씩이나 얻어맞는단 말인가.

"도대체 저 사람이 누구기에 그러는 건가?"

조성은은 도무지 이해가 되지 않는단 표정으로 관치를 자리에 앉혔다.

"크윽, 죽산 근처에서 두부 장사 하는 분이랍니다."

"……."

"젠장, 일 번 관치 두고 보자. 하필이면 일을 시켜도 저런 괴물에게 시켜 가지고!"

관치는 분통이 터지는지 사내에게 처음 일을 맡긴 관치를 향해 저주를 퍼부어댔다.
"그냥 두부 장수란 말인가?"
"영감님은 그 인간이 그냥 두부 장수로 보이십니까!"
 관치는 지금 장난하느냐는 듯 버럭 소리를 질렀다. 아직도 입안에 핏물이 고이는지 사방으로 핏방울이 튀어 올랐다.
"물론 그게 아닌 것 같으니 물어보는 게 아닌가……."
 조성은은 난감한 표정으로 다시 물었다.
"거 왜 그런 거 있지 않습니까."
"응? 그런 거라니."
"젠장, 한때 잘나가던 양반들 세상 사는 게 귀찮다고 평범한 척 은거한 늙은이들 말입니다."
"그러니까 자네 말은 방금 그 사내가 두부 파는 은거기인이라는 말인가?"
"에이, 재수가 없으려니까. 이래서 내가 연준하를 했어야 하는 건데."
 관치는 재수 옴 붙었다는 듯 연방 짜증을 내더니 키득키득 웃음을 흘리는 연주하에게 사정없이 인상을 긁어주었다.

―사, 사형, 방금 그 사내, 기도가 파악이 되십니까?
 호태얼은 얼얼한 표정으로 봉태주에게 전음을 날렸다.
―못 느꼈다.
―두부 장수랍니다.

―나도 들었다.

―설마 저런 인간들이 여기저기······.

―헛소리하지 마! 근종급 이야기꾼만으로도 머리가 지끈거리는데 무슨 소리를 하고 싶은 것이냐!

봉태주는 재수 없는 소리 하지 말라며 당장 고함을 질렀다.

서로 간에 숙덕거리며 의견을 주고받던 중에 또다시 누군가가 객잔 안으로 뛰어들었다. 이번엔 손에 식도(食刀)를 든 노파 한 명이 나타난 것이다.

"여기 관치가 누구야!"

딸꾹.

자라 보고 놀란 가슴 솥뚜껑 보고 놀란다더니 또다시 자신의 이름을 부르는 소리에 관치는 딸꾹질까지 해댔다.

"여기 이 사람이 관치입니다."

진하석은 노파의 손에 들린 식도를 발견한 순간 거침없이 관치 쪽으로 손가락질을 해버렸다.

"너도 싸대기를 맞은 것이냐?"

"네… 네?"

"혹시 두부 파는 놈에게 맞았냐고 물어보지 않느냐!"

"아, 네. 두부 파는 그분에게 맞았습니다."

"어디로 갔어?"

"네?"

"그 자식 어디로 갔냐고!"

"그게… 북쪽으로……."

노파는 관치의 입에서 북쪽으로 갔다는 말이 나오자 이를 오도독 소리가 나도록 갈아대더니 객잔 밖으로 달려 나갔다.

"감히 소면 값을 떼먹고 도망가? 오늘은 기필코 포를 뜨고 말 테다."

노파는 살벌한 소리를 찍찍 내뱉더니 바람처럼 사라져 버렸다.

느닷없이 편지 배달하던 두부 장수에게 얻어맞질 않나, 그 두부 장수를 잡아 죽이겠다고 식도를 들고 다니는 노파가 찾아오질 않나. 관치는 머리가 어질어질해 바닥에 주저앉고 싶었다.

"이 동네, 왜 이러냐……."

관치는 다리가 풀린 듯 더 이상 서 있지 못하고 털썩 주저앉아버렸다.

바로 그 순간 모습을 감췄다 생각했던 편지 배달부, 두부 파는 은거기인이 슬그머니 모습을 나타냈다.

"히익, 왜 또 오신 겁니까!"

관치는 식겁한 표정으로 사내를 바라봤다.

"식도 든 노파, 북쪽으로 갔겠지?"

관치는 대답하기도 힘들다는 듯 고개를 끄덕거렸다.

"휴, 빌어먹을. 하필이면 소면집 할망구가 소수(素手) 할망구일 줄이야. 두부 다 파는 줄 알았네."

사내는 식은땀을 닦더니 빈자리에 털썩 주저앉아버렸다.

사람들은 두부 파는 은거기인이 객잔에 함께 있다는 사실보다 방금 칼을 들고 뛰어다니던 노파가 소수마녀란 말에 얼굴이 창백해졌다.

"화산의 조성은이라고 합니다."

조성은은 두부 장수의 정체가 궁금했는지 조심스럽게 자신의 이름을 밝혔다.

"으응? 화산?"

사내는 기우뚱한 자세로 조성은을 바라보더니 고개를 끄덕였다.

"너였구나."

"네?"

조성은은 대뜸 너였구나, 하는 사내의 말에 눈을 깜빡거렸다. 자신은 아무리 봐도 누군지 모르겠는데 상대는 대번에 자신을 아는 눈치가 아닌가.

"벌써 그렇게 기억력이 부실해서야. 봉팔이 친구 나봉구다. 기억 안 나?"

"아!"

조성은은 사내의 입에서 나봉구란 이름이 튀어나오자 곧바로 허리를 숙였다.

"선배님 모습이······."

"왜, 너는 늙었는데 나는 청춘인 것 같아 억울하냐?"

"아닙니다. 그럴 리가 있겠습니까."

"재작년인가. 집에 들렀다가 보신하기 좋은 게 하나 있기에 슬쩍해 먹었다."

"뭘 드셨기에 회춘을··· 아니 그게 아니라······."

"껄껄껄, 그래, 회춘했지. 봉팔이 그놈이 나를 보면 아마 길길이 날뛸 거야. 크하하하하!"

조성은 과거 절도 있고 품위 있던 것으로 기억되던 선배가 장난기 가득한 애늙은이가 되어 나타나자 쉽사리 적응이 되지 않았다.

'도대체 뭘 훔쳐 먹었기에······.'

"아, 뭘 먹었냐고 물었지. 기특하게도 후손들이 오백 년 묵은 동자삼을 구해놨지 뭐냐. 넉분에 아주 호강을 하고 있다."

사람들은 5백 년 묵은 동자삼이란 말에 마른침을 삼켰다. 동자삼은 일반 삼과 달리 구하기도 힘들뿐더러 1백 년만 묵어도 보물로 불리는 삼이었다. 그런데 5백 년 먹은 동자삼을 보신용으로 먹어치웠단 말에 다들 멍한 표정이 되고 말았다. 그 정도 보물이면 개화급에서 머물고 있는 고수들 10명 정도는 당장 결실로 끌어올릴 수 있을 정도로 엄청난 물건이었다.

남선북마(南船北馬) • 267

"그, 그러셨습니까. 축하드립니다."

'아이고, 그런 물건이 있으면 좀 나눠줄 것이지 그걸 홀라당 혼자 다 처먹어.'

조성은은 아쉬운 듯 입맛을 다셨다.

"고맙구나. 그런데 너는 왜 여기 이러고 있는 거냐? 너도 저 관치란 놈들과 한패거리냐?"

"아, 네. 그렇게 되었습니다."

"그것참, 그 나이 되었으면 어디 가서 도나 닦을 것이지, 뭐 주워 먹을 게 있다고."

나봉구란 사내는, 아니 노기인은 혀까지 차며 조성은을 나무랐다.

"저도 그러고 싶습니다만, 저희 소장님이 아직 현역에 계시는 바람에……."

"응? 그러고 보니 소가장이 조용하던데 무슨 일 있나?"

"모르셨습니까?"

"뭘?"

"소가장, 정복문이라는 놈들이 확 덮치는 바람에 망했습니다."

"……."

"나봉구 선배가 종종 놀러가시던 한림서원도 정복문이란 놈들이 싹쓸이했고, 그 왜 귀여워하던 녀석 있지 않습니까. 당문의 악충이라고."

"그래, 악충이. 종종 재미난 독을 가지고 와서 귀여워하던 녀석."

"그 집안은 활활 불타버렸답니다."

"그것도 정복문이라는 개잡종 놈들 짓이냐?"

"험험, 저쪽에 있으니 직접 물어보시면 빠르지 않겠습니까."

조성은은 흐흐거리는 표정으로 호태얼을 바라봤다.

"호, 그러니까 네놈들이 내 놀이터를 싹 발라버렸다, 이거지."

-여기서 늙은 괴물과 손을 섞어야 하는 겁니까?

호태얼은 한번 죽어보라는 듯 자신을 바라보는 조성은의 눈빛에 다급히 전음을 날렸다.

봉태주는 갈수록 가관이 되어가는 무당행에 머리가 빙빙 돌 지경이었지만 상대할 이유가 없는 자까지 적으로 돌릴 필요는 없다고 생각했다.

"녕하 정복문 봉가의 가주, 봉태주라고 합니다."

봉태주는 자리에서 일어나 포권을 취하더니 먼저 인사를 건넸다.

"응? 어디?"

"녕하입니다."

"이것 봐라. 어디?"

"녕하에 있는……."

"나도 녕하에서 왔다만."

"네?"

봉태주는 두부 장수 은거기인 나봉구라는 노인도 녕하에서 왔다는 말에 어리둥절한 표정을 지었다.

"흠… 이놈들 묘한 기운을 품고 있네."

나봉구는 봉태주는 물론이고 호태얼과 용문진까지 익숙하면서도 꺼려지는 묘한 기운이 느껴지자 표정이 진지해졌다.

"그렇구나. 천외천을 찾은 놈들이구나."

봉태주는 자신들을 살펴보는 것만으로도 기운을 찾아내는 나봉구의 능력에 얼굴빛이 급변했다. 생각보다 더 위험한 자인 것이다.

"그래서 그랬구만."

"……."

"쯧쯧쯧, 네놈들도 참 불쌍타. 건드려도 하필 그 집안을 건드릴 게 뭐람."

나봉구는 더 이상 관심을 두고 싶지 않다는 듯 다시 자신의 자리로 돌아가버렸다.

봉태주는 나봉구의 태도에 어떻게 대응을 해야 할지 판단이 서지 않아 우두커니 그의 뒤통수만 바라봐야 했다.

"그런데 좀 전에 소면집 노파 어쩌구 하던데… 혹시 그분이십니까?"

"지겨워서 좀 떨어져서 살면 했는데 그 할망구가 죽산에 자리를 잡았을 줄 누가 알았겠어."

"험험, 그래도 형수님이신데……."

"아, 몰라. 내가 동자삼 먹고 회춘하는 걸 보더니 자신도 덕 좀 보겠다고 나만 보면 잡아먹으려 설치는 할망구야."

"……."

사람들은 보양식 삼아 동자삼을 삼켜 버린 노인이나 그 괴물을 잡아먹고 회춘하겠다고 쫓아다니는 노파까지 모두 비정상으로 보이기 시작했다. 거기다 근종급이라 생각되는 이야기꾼 관치를 개 잡듯 잡아버린 능력을 보면 최소한 종사급 고수거나 그 이상일 수도 있다는 뜻이었다.

"어라, 너도 있었냐?"

"험험, 잘 지내셨습니까."

"껄껄껄, 너 지금도 다리 하나 잘린 것 때문에 꽁한 것이냐?"

"다리 하나라뇨! 그게 하실 소립니까!"

사마건은 부들부들 떨리는 음성으로 버럭 소리를 질렀다.

"아, 그 자식 성질머리 여전하네. 왜, 나머지 다리도 떼주리? 성질 죽여라."

사람들은 나봉구의 말에 뜨악한 표정을 지었다. 살벌해 보이는 의족 노인의 다리를 날려 버린 사람이 나봉구란 소리 아닌가.

"두고 봅시다. 어느 날 갑자기 모습을 감췄다 했더니 죽산에서 두부 장사라. 이번 일만 끝나고 나면 기필코 복수를 할 것이오."

"이제 그만 좀 하자. 만두 하나 더 먹었다고 살수검이 어쩌네 저쩌네 하면서 시비 건 건 너였잖아."

사람들은 '설마 만두 하나 때문에 다리가 잘린 거야?' 하는 표정이 되었다.

"그 만두는 쌍두청사의 쓸개로 만든!"

"그래, 그래서 내가 먹어준 거 아니냐."

"엉? 그게 무슨 소리야? 내 쌍두청사로 뭘 만들었다고?"

사마건과 나봉구의 신경전을 즐겁게 지켜보고 있던 조성은의 얼굴이 순식간에 확 구겨졌다.

"……"

"……"

나봉구와 사마건은 해선 안 될 말을 꺼냈는지 동시에 입을 다물더니 서로 먼 산을 바라보기 시작했다.

"무슨 소리야! 왜 선배와 네가 먹은 만두에 내 쌍두청사의 쓸개가 들어간 거냐고!"

조성은은 큰돈을 들여 애지중지 키우던 뱀 한 마리가 있었다. 물론 기력이 떨어질 때를 대비한 보신용 애완뱀이었다. 그런데 어느 날인가 우리가 부서진 채 놈이 모습을 감춘 것이다. 스스로 관리 소홀이라며 가슴을 치고 울었는데 오늘 알고 보니 두 인간이 자신이 없는 사이에 잡아먹어버린 것이 아닌가.

"험험, 조 후배, 오늘은 좀 그렇고 나중에 따로 이야기하세. 쌍두청사 정도는 아니지만 대신할 만한 걸로 하나……."

"크음, 지금은 중요한 일이 있으니 그냥 넘어가도록 하죠. 일단 범인이 누군지 알았으니 급할 건 없겠죠."

당장 난리 법석을 피울 줄 알았던 조성은이 마음을 가라앉히며 다음을 기약하자 두 사람의 표정을 더욱 좌불안석이 되었다.

사람들은 동자삼은 물론이고 쌍두청사까지 보신용으로 먹어치운다는 괴인들의 대화에 한동안 넋이 나갔다가 당장이라도 검을 뽑아들 것 같던 조성은이 조용히 물러서자 의아한 표정이 되었다.

"클클클, 그래, 다들 그렇게 늙어버려서 내가 바로 못 알아봤지 뭔가. 동생들 잘 지냈지?"

두부 장수를 찾아 북쪽으로 모습을 감췄던 소수마녀가 다시 객잔에 모습을 나타낸 것이다. 조성은은 누구보다 반가운 표정으로 소수마녀 나철화를 맞이했다.

제11장. 낭중취물(囊中取物)

낭중취물(囊中取物)

-주머니 속에 든 것을 꺼내 가지는 것처럼 아주 손쉽게 얻는다는 뜻

 예상치 못한 인물들의 대거 난입 탓에 봉태주는 물론이고 정복문 인물들까지 긴장 상태가 되어버렸다.

 '어디서 자꾸 이런 괴물들이 나타나는 것이냐!'

 본래 계획대로라면 무당에 있어야 할 무림인들은 각파의 수장이거나 장로급, 그리고 일 대 제자 정도였다. 이미 중원 무림의 수준에 대해 파악을 끝낸 상태였고, 유일한 골칫덩어리인 평정문 역시 한림서원과 소가장을 무너트리며 무림 정복의 초석을 다진 상태였다.

 마치 주머니 속에 들어 있는 물건을 꺼내기만 하면 되는 것처럼 모든 게 순조롭게 진행되고 있었단 뜻이다.

 하지만 이미 흔적을 감춘 노괴들은 전혀 계산에 없던 일이

라 정복문 입장에선 상황이 점점 불리한 쪽으로 흐르고 있었다.

'관치 이자를 찾는 일만 아니었어도 이런 일들이 생겨날 수는 없었는데……'

관치를 찾는 데 정신이 팔려 다른 일들이 소홀해지면서 예상치 못한 변수들이 자꾸만 늘어가고 있었다.

'나봉구는 그렇다 치고, 소수마녀라면 마교의 신녀가 아닌가.'

그나마 평정문을 제외하고 가장 껄끄러운 존재가 마교였는데 명이 건국되면서 그런 부담도 많이 줄어든 상태였다. 국가 차원에서 마교를 누르고 있으니 그들의 활동은 물론이고 교체 또한 침체 일로에 빠져 있었기 때문이다.

그런데 전성기 때도 건드리기 꺼려졌던 소수마녀가 아직까지 살아 있다니. 만에 하나 저들이 정복문을 적으로 돌리게 되면 봉태주 입장에선 최악의 패를 뽑게 되는 것이다.

'일단 저들이 무당회전에 간섭하는 것이라도 막아야 한다.'

봉태주는 마음에 결심이 서자 망설임 없이 몸을 일으켰다.

"명교의 신녀를 이런 곳에서 뵙게 될 줄은 상상도 못했습니다. 녕하 북쪽에서 온 봉태주라고 합니다."

"으음? 녕하에서 왔다고?"

나봉구에게 정신이 팔려 있던 나철화는 녕하에서 왔다는

말에 호기심을 보였다. 거기다 다들 입에 붙은 것처럼 마교라고 부르지 않고 정식 명칭인 명교로 호칭하자 소수마녀의 주름진 얼굴에 반가운 기색이 나타났다.

"명교의 제자인 것이냐?"

봉태주는 녕하에서 왔다는 말에 대뜸 명교의 제자라고 물어올 줄은 몰랐기 때문에 잠시 당황한 기색을 보였다.

'정말 하루 종일 당황만 하는 것 같군.'

"아닙니다. 녕하 북쪽 끝 몽골 경계에서 왔습니다."

"그곳에도 사람이 살았던가?"

나철화는 고개를 갸우뚱거리더니 모르겠다는 표정을 지었다.

"규모가 작은 마을이라 아마 모르실 겁니다."

"그래? 뭐 그럴 수도 있겠지. 그런데 나에게 용건이 있나?"

"용건이라뇨. 그저 오래전부터 존경하던 분을 만나 뵙게 돼 인사를 올리고 싶었을 뿐입니다."

"호호호호호, 존경이라. 이 얼마 만에 들어보는 말이더냐. 그런데 왜 나를 존경하는 거지?"

"당연히……."

"당연히?"

"여중 제일 고수로 이름을 떨치신 데다 명교의 꽃이나 다름없는 신녀님이시니……."

"그게 다인가?"

"그리고……."

봉태주는 계속해서 칭찬을 해달라는 나철화의 표정에 난감한 기색을 보였다. 막상 존경할 만한 이유를 대려고 해도 가져다 붙일 말이 떠오르지 않은 것이다.

'젠장, 악명이라면 하루 종일이라도 떠들어댈 수 있는데…….'

봉태주는 어색한 미소로 하하 웃음을 보일 수밖에 없었다.

"하긴, 그 외엔 딱히 가져다 붙일 말도 없지. 애썼다."

"별말씀을 다 하십니다."

봉태주는 나철화가 적당한 수준에서 넘어가주자 금세 표정이 밝아졌다.

나철화는 봉태주의 칭송이 끝나자마자 볼일 다 봤다는 듯 다시 나봉구에게 시선을 돌렸다.

"영감, 우리 거래를 하는 게 어때?"

"험험, 거래라니. 무슨 말을 하는지 모르겠군."

"몸보신한다고 자기 동자삼을 삼킨 것은 뭐라 할 생각 없지만, 동자삼 약효를 높인다고 내 설련초(雪䰉草)를 씹어 먹은 건 솔직히 해서는 안 될 짓이었잖아."

"험험, 난 그게 설련초인지도 몰랐고, 그저 집 근처에 심어져 있기에 파옥초나 되는 줄 알았지."

"영감, 파옥초는 녹색이고 설련초는 청색이지. 거기다 생

긴 것도 전혀 다르고 말이야."

"내가 약방 늙은이도 아니고 그걸 어찌 구분했겠나. 그냥 그러려니 했지."

"그러니까 협상을 하잔 말이야. 아니면 평생 쫓겨 다니든가."

"조건이나 한번 들어보지."

"조건은 단순해. 잡아먹지는 않을 테니……."

"않을 테니."

"피를 좀 나눠줘. 많이도 필요 없어. 딱 한 사발이면 만족할 테니 그렇게 마무리하자고."

"그건 좀……. 살아 있는 사람 생피를 뽑아 먹겠다니. 노망이라도 난 것이오?"

"영감, 회춘하고 나더니 쭈그렁 할망구는 이제 나 몰라라 하겠다 이거야?"

"어허, 쭈그렁 할망구라니. 누가 그런 소리를. 당신은 여전히 아름답소. 너무 아름다워서 산천초목이 부끄러워 고개를 숙일 정도란 말이오."

"자꾸 흰소리해대면 정말 포를 뜨는 수가 있어."

"……"

나봉구는 연방 헛기침만 늘어놓으며 딴청을 부렸다.

"별수 없군. 당신이 그토록 좋아하고 무서워하는 친구에게 부탁을 하는 수밖에."

"그게 무슨 말이오?"

"소가장에 가서 부탁을 하겠단 말이지."

"소가장?"

"그래, 소가장."

"켈켈켈켈, 이걸 어쩌나. 그 소가장은 저놈들이 다 부숴버려서 지금은 아무도 없다고 하던데."

나봉구는 정복문 사람들을 가리키며 요란하게 웃음을 터트렸다.

"무엇이?"

소가장을 부숴버렸다는 말에 나철화의 눈빛이 얼음장처럼 가라앉더니 자신에게 인사를 했던 봉태주를 쏘아봤다.

"그게 무슨 소리냐, 녕하 촌구석에서 온 어린놈아!"

"그, 그게."

싱질 급하기로 무림 제일이리는 소수마녀 나철화의 손이 눈 깜짝할 새 백색으로 물들더니 종국엔 투명한 얼음처럼 변해가기 시작했다. 나철화의 성명절기이자 그녀의 명호를 만들어냈던 소수마공이 발현된 것이다.

'빌어먹을, 질문을 했으면 시간을 줘야잖아!'

봉태주는 다급한 표정으로 줄줄이 말을 늘어놓기 시작했다.

"저는 본래 녕하 북쪽에 있는 정복문에서 온 사람입니다. 그리고 우리 정복문은 소가장, 그러니까 소가장으로 신분을 감추고 있는 평정문과 오랜 세월 은원을 맺어왔습니다. 무림에 은원을 확실히 하지 않으면 무림인이 아니고 손을 쓸 때 사정을 두면 기필코 뒤통수에 검을 맞는 것이 무림입니다. 고로 저의 정복문은 그동안 평정문에게 당했던 설움을 달래고자 소가장을 친 것입니다. 다시 한 번 정리하자면 이 일은 정복문과 평정문의 은원 관계에서 비롯된 일이니 타인은 간섭할 수 없다고 생각합니다."

"그래? 하긴 소가장주라면 전 무림과 은원 관계를 맺고 있다고 해도 과언이 아니지."

'이건 또 무슨 소리야. 무림 전체와 은원 관계를 맺고 있다니.'

"그런데 너같이 어린놈이 무슨 수로 소가장을 쓰러트린 것이냐?"

나철화는 믿기지 않는다는 눈으로 봉태주에게 설명을 요구했다.

"본 문의 능력을 함부로 발설할 수 없는 점 이해해주십시오."

봉태주는 오밤중에 기습을 했다고 말하기엔 자존심이 상했는지 영업상 비밀은 밝힐 수 없다는 식으로 넘겨 버렸다.

"그래? 좋아, 그건 그렇다고 치자. 그런데 왜 이곳에 모여들 있는 거지?"

나철화는 죽산 같은 조그만 마을에 무림인들이 한가득 모여 있자 또다시 궁금증을 보였다.

"그 부분은 내가 말하겠소."

"넌 누구냐?"

"남궁세가의 가주 남궁철이오."

"오호, 그대가 패가망신한 남궁가를 다시 일으켜 세운 그 남궁철이구나."

"패, 패가망신이라니. 말씀이 지나치시오."

"지나치긴 뭐가 지나쳐. 무림에서나 놀 것이지 자금성까지 어찌해보겠다고 깝죽대다가 쫄딱 망해놓고선."

나찰화는 다들 아는 사실을 감춘다고 감춰지겠냐며 콧방귀를 뀌었다.

"일단 지금 이곳에 무림인들이 모인 것과는 무관한 일이니 논외로 합시다."

"그래, 남궁가의 가주가 설명을 한다면 충분히 들을 만하겠지. 도대체 무슨 일이냐?"

남궁철은 아무리 무림의 선배라곤 하지만 끝까지 자신을 아이 취급하는 나철화의 태도에 은근히 부아가 치밀었다.

-이보게, 철이, 괜히 객기 부리지 말고 설명이나 마치게.

제갈선은 남궁철이 주먹을 움켜쥐는 모습을 발견하고 식겁한 표정으로 전음을 날렸다. 과거에도 소수마녀가 나타나면 중소 문파 하나는 가루로 만들기가 예사였다. 그런데 더 고약한 노괴가 되어 나타났으니 심사가 뒤틀렸다간 객잔 안

이 피바다가 될 수도 있었다.

"끙, 아무리 무림의 선배라 하지만 나는 한 가문의 수장입니다. 최소한의 예의는 지켜 주시기 바랍니다."

"호, 보기보단 뼈대가 단단한 놈이었더냐?"

나철화는 웃긴다는 듯 남궁철을 향해 미소를 지었다.

"험험, 지금 우리가 이곳에 모인 것은 저기 앉아 있는 정복문이라는 문파 때문입니다."

나봉구와 나철화의 시선이 정복문 쪽으로 향했다.

"일단 문파명에서 알 수 있듯이 그들의 목적은 무림을 정복하는 것이라고 합니다. 그리고 신빙성 있는 정보에 의하면 백 년이 넘는 세월을 투자해 이번 무림행을 완성했다고도 하더군요. 거기다 최근 몇 달 전까지 큰 어려움 없이 무림을 손에 넣어가던 중 제일흥신소 소장 소관치와 시비가 붙어 일이 꼬이기 시작했고, 결국엔 모종의 내기를 통해 숨바꼭질 비슷한 걸 하게 된 상황입니다."

나철화는 무림 정복이니 거의 성공했느니 등의 이야기를 들을 땐 시큰둥한 표정을 짓고 있다가 제일흥신소라는 말이 나오면서부터 눈이 반짝거리기 시작했다.

"제일흥신소 소장이라면 고봉팔 소장님 아니었던가?"

나철화는 이상하다는 듯 고개를 갸웃거렸다.

"아, 지금은 삼 대 소장으로 소관치가 소장직을 맡고 있습니다."

"소관치? 어디서 많이 들어본 이름인데……."

"초대 소장님의 장남입니다."

"아!"

나철화는 이제야 생각이 났다는 듯 연방 고개를 끄덕였다.

이야기를 듣고 있던 나봉구는 설마 관치가 친우의 아들인 줄은 몰랐다는 듯 놀란 표정을 지었다.

"이상하다. 그 친구 아들이라면 내가 모를 리 없는데."

나봉구는 혹시 주워온 자식일지도 모른다며 불신의 눈빛을 보냈다.

"이봐, 영감, 당신은 그 아이가 태어났을 때 폐관 중이었으니 당연히 모를 수밖에."

"그, 그랬나?"

"쯧쯧쯧, 절친한 친우라고 자랑이나 하지 말든지."

나철화는 무슨 놈의 친우가 그따위냐며 눈살을 씨푸렸다.

"그러니까 정리해보자면 정복문은 무림을 정복 중이고 제일홍신소는 그걸 막는 중이라, 이거네."

"그… 렇게 되는군요."

남궁철은 내심 짤막하게 설명한다고 했는데도 단 한 줄로 요약이 돼버리자 떨떠름한 표정을 지으며 한발 물러서버렸다.

"녕하 촌놈아."

"……."

"쯧쯧쯧, 어쩌다 제일흥신소와 적이 되었누. 네놈들 팔자도 참 기구하다. 눈치를 보니 나나 저 영감이 끼어들까 봐 신경 쓰는 것 같은데 걱정하지 말거라. 이미 무림의 일에 신경을 끊은 우리다. 그저 구경 정도만 해줄 테네 한번 제대로 붙어봐."

"……."

봉태주는 알아서 방관자가 되겠다는 나철화의 말에 반가운 마음이 들면서도 왠지 자신들을 불쌍하다는 듯 바라보는 눈빛에 기분이 묘해졌다.

"영감, 일단 우리 일은 무당회전인가 뭔가 끝난 다음에 종결짓기로 하지. 당신 잡아먹는 것보다 쬐금 더 재미있어 보이는군."

"껄껄껄, 나야 그렇게 해준다면 고맙지. 사실 나도 얼떨결에 편지 배달을 하고 다니지 않았겠나."

나봉구는 오랜만에 흥미로운 대결을 보게 되었다며 어린아이처럼 박수까지 쳐 댔다.

이후 나봉구와 나철화는 조성은을 통해 자리에 모여 있는 이들을 하나둘 소개받았고, 소주아를 소개받을 땐 친딸을 보는 것처럼 반갑게 인사를 받았다.

'왜 이렇게 긴장감들이 없는 거냐. 당신들이 살고 있는 무림을 우리가 정복해버리겠다는데 아무렇지도 않냔 말이다!'

봉태주는 무림에 위험이 닥쳤다는 등의 말까지는 아니어

도 최소한 정복문이 뜨거운 기개를 가지고 있다는 정도라도 알아줬으면 하는 마음이 들어버렸다.

"아하, 그러니까 관치 녀석이 가출을 했는데 그 이후로 어떻게 지냈는지 이야기를 하고 있었단 말이지?"

"네, 숙모님."

"좋아, 좋아. 어차피 오늘은 영감 때문에 장사도 망쳤는데 여기서 네 이야기나 들어봐야겠다."

나철화는 사랑을 얻기 위해 가출했다는 이야기에 눈을 반짝거리며 소주아 앞에 자리를 잡았다.

"녕하 촌놈아."

"네, 네?"

봉태주는 아예 대놓고 촌놈이라고 부르는 나철화의 행동에 뜨거운 무엇인가가 불끈 치솟는 느낌이 들었지만 아직은 힘을 뺄 단계가 아니었다.

'무당산에 올라가서 보자. 이곳에선 참고 있지만……'

"너도 이쪽으로 오너라. 이야기는 같이 들어야 재미있는 법이다."

"험험, 저는 이곳에서 들어도……"

"사양치 말고 어서 오너라. 거기 너도 이리 와."

나철화는 봉태주는 물론 용문진과 호태얼까지 한곳에 모아 앉혔다.

"자, 주아야, 다들 준비가 된 것 같은데 어디 한번 시작해

보거라."

"저기, 숙모님, 그런데 앞의 이야기는 몰라도 괜찮으시겠어요?"

"앞의 이야기? 많이 해버렸나?"

"네, 좀 많이 흘러버려서……."

"괜찮아. 나 하나 때문에 다른 사람들이 손해를 볼 수는 없지. 그냥 하자꾸나."

사람들은 악명이 자자한 소수마녀가 다른 사람들을 챙겨 주는 모습에 어이없는 기분이 들기도 했지만, 막상 적이 아니라 아군이라 생각하니 그다지 무섭다는 생각도 들지는 않았다.

◈　◈　◈

손소민이 정복문의 공격에 목숨을 잃었다는 말에 태청아는 한참 동안 고개를 숙인 채 눈물만 떨어뜨렸다.

관치는 어떻게 말을 해야 할지 마음이 잡히지 않아 긴 한숨만 내쉬어야 했다.

"언니는 이렇게 될 줄 알고 있었어요."

"그게 무슨 말이냐?"

"문을 배신한 순간 이미 죽은 목숨이었으니까. 그나마 봉가의 가주와 태중혼 상태였기 때문에 오래 버틴 거예요."

"봉가의 가주와 태중혼 상태였다고?"

관치는 처음 듣는 이야기라는 듯 청아를 바라봤다.

"우리 태가는 오래전 우성이라는 수련 제자에게 한바탕 곤욕을 치렀죠. 거기다 힘을 더 보강해 다시 한 번 중원에 나오려던 날, 이번엔 수련 제자가 아닌 이 대 장문이라는 자에게 또다시 좌절을 당했어요. 그때 이후로 정복문 내에서 가장 강성한 힘을 가지고 있던 태가는 몰락의 길을 걸을 수밖에 없었죠."

관치는 정복문의 무림행이 모두 평정문에 의한 것임을 이미 알고 있었다. 그러나 손소민의 가문이 평정문에 의해 직접적으로 피해를 입었으리라곤 한 번도 생각해보지 못했다.

"그런 일이 있었군."

"결국 용가에 귀속되어 가문의 수장권을 빼앗겨 버렸어요. 그나마 아버님 대에서 딸만 둘을 얻으셨으니 태가는 이번이 마지막이라고 해도 될 정도죠. 아버지는 이대로 태가가 무너지는 것을 볼 수 없었기에 봉가의 아들과 태중혼을 맺어 놓으셨답니다."

"음……."

"하지만 어디까지나 용가의 눈에 들키지 않게 이뤄진 밀실 협약이었고, 실제로 언니와 봉가의 주인이 맺어지기 전까진 밝힐 수 없는 내용이었죠. 그러던 중에 평정문의 흔적이 발견된 거예요. 한림서원은 물론이고 죽산 소가장까지."

관치는 묵묵히 태청아의 이야기를 들었다.

"문에선 소가장을 감시할 수 있는 사람을 보내자고 결론을 내죠. 그리고 그 결론은 세가 가장 약하고 몰락의 길을 가고 있는 바로 우리 태가의 일이 되어버렸죠. 아버지는 언제고 봉가와 손을 잡고 웅비를 펼 날이 있다고 믿으셨지만……."

"돌아가셨군."

"네. 그 탓에 더 힘겹게 살아가야만 하는 처지가 됐죠. 당시 언니가 당신과 만났던 시절은 이미 부모님이 모두 돌아가시고 그곳에 볼모처럼 묶여 있을 때였어요."

관치는 소민의 처지와 입장을 전해 들으며 마음이 무거워졌다. 결국 자신을 선택함으로써 배신자가 되었고 죽임을 당한 셈이 된 것이다.

"언니가 그러더군요. 믿고 싶다고, 믿을 수 있는 사람이고. 믿음을 품고 살아가는 것도 나쁘지 않다고 말이죠."

"미안하다."

관치는 태청아 앞에 고개를 숙여 버렸다.

"언니를 만나기는 했나요?"

태청아는 '설마 언니를 만나지도 못한 건 아니죠?' 하는 눈빛으로 물었다.

"만났다. 짧은 시간이었지만……."

"다행이네요. 너무 오래 기다렸거든요. 지쳐서 포기하고 싶을 정도로……."

관치는 너무 오랜 세월을 보내버린 자신의 처지가 한없이 원망스럽고 답답했다.

"이제 어쩌실 거죠? 이곳까지 찾아왔다면 뭔가 생각이 있는 것 같은데."

"소민에게 약속한 것을 지킬 생각이다."

"그렇다면 지켜야죠."

태청아는 눈물을 닦아내더니 관치 앞에 바르게 자세를 잡았다.

"설명해봐요. 할 만하다 싶으면 나도 한 팔 거들 테니까."

"현재 정복문을 움직이는 사람은 누구지?"

"장로원이에요. 문주님이 돌아가신 지 오 년 정도 되었지만 새로 뽑지는 않았거든요. 물론 그 자리를 노리고 이리저리 떠어다니는 사람은 세 명 정도 있구요."

"장로는 모두 몇 명이나 있지?"

"일곱 분이 계시죠. 그리고 그중의 한 분이 수석 장로직을 수행하고 계세요."

"그렇다면 그 수석 장로님을 만나야겠군."

"네?"

태청아는 직접 장로원에 가보겠다는 관치의 말에 미쳤느냐 표정을 지었다. 장로들은 이미 인간의 경지를 벗어난 초월적 존재에 가까웠다.

"싸우러 가는 건 아니니 걱정하지 마. 듣고 싶은 말이 있어서 그러니 안내를 해다오. 어차피 이 모든 일을 마무리 지으려면 한 번은 만나야 할 분이니."

태청아는 위험한 방법이라며 계속 반대를 했지만 결국 관치의 고집을 꺾을 수는 없었다.

"좋아요. 그런데 저 사람들을 다 데리고 갈 건 아니겠죠"

"물론. 나 혼자 갈 것이다."

"계약서는 어떻게 처리하실 생각이세요?"

"받을 건 받아야지. 용가라고 했지?"

"네."

"좋아, 준비를 하고 오겠다."

"알겠어요. 저도 출발 준비를 해놓도록 할게요."

조성은과 보륜, 그리고 곽청은 막사 밖에서 관치를 기다리고 있다가 어떻게 되었냐며 곧바로 질문을 던졌다.

"일단 숙부님은 어디 적당한 표국을 찾아 쟁자수 일 좀 해주십시오."

"응? 쟁자수?"

"네, 표국이 필요해서 그렇습니다."

"아무 곳이나 되나?"

"어디든 상관없습니다. 단지 무당에서 너무 멀지도 가깝지도 않은 곳을 골라주십시오."

"알았다."

"보륜."

"네, 소장님."

"너는 편지 한 통을 써줄 테니 황금 전장의 노마님을 찾아가. 그리고 그분의 지시에 따르면 된다."

"네, 알겠습니다."

"곽 단주는 돈도 벌고 물품도 구했으니 더 이상 문제가 없을 겁니다. 돌아가는 길은 두 사람이 지켜 줄 것이니 지부로 귀환하십시오."

"소 소장은 안 가는 것이오?"

"저는 이곳에서 할 일이 남아 있습니다."

관치는 조성은과 보륜에게 몇 가지 사항을 더 지시하더니 태청아와 함께 모습을 감춰버렸다.

제12장. 고어지사(枯魚之肆)

고어지사(枯魚之肆)

-마른 고기의 어물전. 매우 어렵고 구차한 처지를 이름

 봉태주는 관치가 직접 정복문에 찾아갔단 말에 표정이 일그러졌다. 단순히 태청아를 통해 정보를 구하는 정도가 아니라 자신들이 중원에 나와 있는 사이 오히려 역공을 취한 것이다.
 "무슨 생각인지 모르겠군. 장로원의 늙은이들은 고지식하기가 하늘을 찌르는데 말이야."
 -대사형, 한 가지 걸리는 게 있습니다.
 봉태주는 용문진의 말에 고개를 돌렸다.
 -관치가 저를 찾아왔던 날 말입니다.
 -연판장을 가지고 왔던 날 말이냐?
 -네. 지금 생각해보면 과연 관치가 그 시간 안에 각 문파

의 수장들에게 수인을 받을 만한 여력이 있었는지 모르겠습니다.

-무슨 뜻이냐?

-생각해보십시오. 시간적으로 보건대 관치 그자가 문에 간 것은 얼마 전의 일입니다. 그런데 녕하까지 오가는 시간을 생각하고, 또 연판장을 작성해 각 문파를 돌아다니며 설득 작업을 한 것까지 따져 보면 결코 한두 달 안에 해결할 수 없는 일 아닙니까?

-네 말은 연판장이 거짓이라는 뜻이냐?

-솔직히 의심을 해봐야 하지 않겠습니까? 당장 남궁가와 제갈가만 해도 연판장에 대해선 모르는 눈치입니다. 물론 구파를 중심으로 기록된 연판장이긴 했지만 최소한 무림맹에서 일이 벌어졌다고 봐야 하고, 그렇다면 오대세가도 알아야 정상 아닙니까?

-설마 장로원에서 꾸민 짓이라 말하고 싶은 건 아니겠지.

-지금 상태를 봐선 장로원을 신임하기가…….

용문진은 관치가 문의 장로원에 다녀간 점, 이미 관치가 평정문의 사람임은 보편적인 사실이 되어버렸으니 장로원에서 관치의 정체를 몰랐을 리도 없다는 점, 그런데도 멀쩡히 걸어 나와 연판장을 들고 자신을 만나러 온 것까지, 이 모든 과정이 별다른 문제없이 일사천리로 이뤄졌다는데 의구심이 든 것이다.

봉태주는 곧바로 남궁철과 제갈선에게 질문을 던졌다.
"두 분 가주에게 궁금한 것이 있소."
"무엇인가?"
"혹시 무림을 대표하는 수장들의 연판장에 대해서 들어본 적이 있습니까?"
"연판장? 처음 들어보는 이야기군. 하지만 무림맹에 속한 문파들이라면 이번에 맹주를 선출하는 과정에서 만들었을 수도 있겠지."
"세가들은 무림맹과 관계가 없다는 것처럼 이야기를 하는군."
 용문진은 다른 집 살림 이야기하듯 시큰둥한 표정을 보이는 남궁철의 모습에 한마디 쏘아붙였다.
"틀린 말은 아니군. 우리 오대세가는 이번 무림맹 결성에서 탈퇴를 했네."
"……!"
 용문진은 설마 그사이에 그런 일이 벌어졌다곤 생각지 못했는지 당혹스런 표정을 지었다. 그게 사실이라면 관치가 가지고 있던 연판장이 실제로 존재하는 것일 수도 있는 것이다.
 -장로원의 늙은이들이 얼마나 영악한지 모르는 것이냐? 관치 그자가 아무리 머리를 쓴다고 해도 쉽사리 상대할 만한 분들이 아니다.

봉태주는 용문진의 가설이 타당성을 잃자 곧바로 고개를 돌려 버렸다.

'젠장. 하지만 이상한 걸 어떡하냐고.'

용문진은 자꾸만 머릿속에 빨간불이 번득이며 처음부터 일이 잘못된 것이란 생각이 늘어갔지만 정작 자신의 말에 호응해주는 사람이 없으니 답답해 미칠 노릇이었다.

'분명히 내가 보기엔 뭔가가 있어. 그토록 이를 갈아대던 평정문 당대 장문인이 나타났는데 멀쩡히 돌려보낸 것이나 관치가 요구한 사항을 군소리 없이 받아준 것도 이해가 되지 않아!'

용문진은 소주아의 이야기를 조금만 더 들어보면 진실을 알 수 있을 거란 생각에 잠시 마음을 가라앉혔다. 만에 하나 자신의 생각이 맞다면 그 이점을 챙겨 다른 이들보다 유리한 고지에 설 수도 있다는 생각이 든 것이다.

◈　◈　◈

관치의 정복문 방문은 자연스럽게 진행됐다. 호위 무사들은 모두 태가의 가신들이었기에 태청아의 말에 이유를 달지 않았고 오히려 그녀의 손님으로 정중히 안내를 했기 때문이다. 거기다 결정적으로 관치가 태소민의 정인이라는 말에 두말없이 고개를 숙인 것이다.

'어떤 식으로 정복문이 관리됐는지는 모르겠지만 충성심 하나는 대단하구나.'
-오래전 이곳으로 이주할 때 태가에 은혜를 입은 자들의 후손이에요.
 태청아는 관치가 뭘 궁금해하는지 알겠다는 듯 가볍게 전음을 날렸다.
-아무리 그렇다 해도 상당한 시간이 흘렀는데 변함없는 충성심이라니 대단하구나.
-오랜 세월이 흘러도 태가는 변함없이 이들을 대했기 때문이죠.
 태청아는 몰락해버린 가문이라 할지라도 여전히 자부심이 대단해 보였다.
-수석 장로는 어느 가문 출신이지?
-제가 왜 지금껏 힘을 유지하고 있겠어요.
-태가의 사람이군.
-네. 저들처럼 태가에 충성을 바치던 이들 중 깨달음을 얻어 장로원에 들어간 사람들이 있었어요. 그리고 마지막으로 남은 한 분이 현재 다른 가문의 장로들을 누르고 수석 위치에 계시는 중이죠.
-존경하나 보군.
 관치는 태청아의 음성에서 수석 장로에 대한 경외가 느껴졌다.

―물론이죠. 그분은 태가가 아니더라도 정복문 전체의 존경을 받는 분이에요. 사실 태가가 몰락의 길을 걷게 된 백 년 전 평정문과의 결전에 참가하셨던 분이죠. 결국 그분을 통해 정복문 전체가 무너지는 상황을 면할 수 있었어요.

관치는 1백 년 전 결전에 참전했던 사람이라는 말에 적지 않은 충격을 받았다. 어린 나이에 출전을 하지 않았을 것이고 최소한 약관의 나이를 잡는다 해도 지금까지의 세월을 생각하면 120살이 넘었다는 이야기였다.

―저곳이 정복문이에요.

관치는 숲이 우거진 지역에 도착하자 태청아의 부탁대로 말에서 내려 걷기 시작했다.

"이곳에서는 말을 타지 못하게 되어 있나?"

"처음부터 그랬던 것은 아니에요. 평정문의 수련 제자 우성이라는 사람이 이곳에서 최후를 맞이했거든요."

"이곳에서?"

관치는 오래전 평정문의 선배가 이곳에서 유명을 달리했다는 말에 묘한 기분이 들었다. 정복문과 평정문의 인연이 시작된 것이 바로 그 시점이기 때문이다.

"네. 당시 문의 조상님들은 홀로 문파의 삼분지 일을 흔들어버린 우성이란 사람에게 경외심을 가졌대요. 적이었다고는 하나 위대한 무사의 혼을 가진 자라고 생각하신 거죠."

"결국 그 선배님을 존중하는 의미에서 걸어가는 것인가?"

"네. 영면을 방해해선 안 된다는 조상님의 유지가 있었거든요."

"음……."

관치는 정복문이 과격한 성향을 지녔을 거라 생각했다. 그러나 막상 정복문에 오고 나니 평화로움과 예의가 살아 있는 곳이란 생각에 자연스럽게 고개를 끄덕였다. 어쩌면 오히려 일이 잘 풀릴지도 모른단 생각이 든 것이다.

'하지만 수백 년 동안 한을 쌓아온 곳이다. 마음을 단단히 먹자.'

관치는 오직 한 가지 생각만으로 수백 년을 보내온 문파가 정복문임을 망각해서는 안 된다 다짐했다. 가끔은 이성적 사고보다 감성적 충동이 앞서기 마련이고 그런 경우엔 대화로 풀 가능성이 희박하다고 봐야 했다.

'과연 내가 이곳을 다시 걸어 나갈 수 있을까?'

관치는 뜻하는 바가 있어 이곳까지 직접 찾아오기는 했지만 과연 자신의 선택이 올바른 것인지는 확신이 서지 않았다.

'훗, 소민은 나 같은 놈을 믿고 그 세월을 견뎌 냈는데 목적지를 코앞에 두고 감성적이 되다니. 관치 이놈, 벌써 마음이 약해진 것이냐!'

관치는 정복문이란 현판이 모습을 드러내자 깊게 심호흡을 했다.

"들어가요."

"그래, 들어가자."

◈   ◈   ◈

"용기는 가상하지만 그래도 겁이 나는 건 어쩔 수 없었나 보군."

호태얼은 단신으로 적진에 들어가버린 관치의 모습에 묘한 질투심을 느꼈다.

"겁을 모르는 자는 일을 크게 그르치게 되고 두려움을 겪지 않은 자는 성장하지 못하는 법이다. 그리고 상대의 대단함을 인정하지 못하는 자는 결코 대인이 되지 못하는 법이지."

나철화는 툭툭거리는 호태얼의 말에 위엄 섞인 목소리로 한마디 늘어놓았다.

'쳇, 천하의 호가 가주가 이게 무슨 꼴이냐. 애들도 아니고 이야기나 듣다가 다 늙은 할망구에게 야단이나 듣질 않나. 진짜 미치겠구나.'

호태얼은 대놓고 불만을 토하진 못했지만 속에선 계속 열불이 터지고 있었다.

"한 가지 묻고 싶은 게 있다. 잠시 이야기를 끊어도 될까?"

용문진은 소주아에게 정중히 부탁했다. 매번 말을 할 때마다 실컷 욕만 먹다 보니 이번엔 아예 정중한 태도를 취한 것이다.

"용가의 가주는 무엇이 궁금하신가요?"

소주아도 용문진이 예의를 갖춰 말을 건네자 언제 핏대를 세웠느냐는 듯 부드러운 목소리로 대답했다.

"이야기를 듣는 중에 관치가 백 년 전 기인의 제자일 수도 있다는 말이 나왔소. 혹시 그 기인이 과거 정복문을 막았던 사람이오?"

"두 번째를 말씀하시는 거라면 그분이 맞습니다."

"그렇다면 관치는 그 사람의 제자인가……."

소주아는 용문진의 질문에 잠시 말을 멈추었다.

"왜 그게 궁금한 거죠?"

"화산파 전대 장문인께 여쭈고 싶은 부분이 있습니다."

용문진은 소주아의 질문에 대답을 하지 않고 조성은에게 다시 질문을 던졌다.

"무엇인가?"

"백 년 전의 그 기인의 마지막을 말씀하실 때 선계에 드는 걸 포기하고 연옥에 들었단 말을 하셨는데."

"그랬지."

당연하다는 듯 고개를 끄덕이는 조성은의 모습에 용문진은 객잔 안 사람들 모두에게 질문을 던졌다.

"여기 계시는 분 중에 혹시 마협이란 별호를 가진 전대 기인을 아시는 분이 계십니까?"

"으음? 그건 왜 묻는 것이냐?"

나봉구는 '네놈이 그 별호를 어떻게 알지?' 하는 표정으로 바라봤다.

"확인하고자 하는 것이 있어서 그렇습니다."

"그래, 내가 알고 있다. 가까이서 모시기도 했으니 여기 있는 사람들 중엔 내가 가장 잘 안다고 할 것이다."

나봉구 스스로 직접 모셨던 분이라 이야기하자 용문진의 눈이 반짝반짝 빛을 냈다.

"그래서 그런 말씀을 하셨군요."

"그건 또 무슨 말이냐?"

"객잔에 처음 오셨을 때 하신 말씀을 기억하고 있어서 말입니다."

"으응? 내가 뭐라고 했나?"

"묘한 기운을 품고 있다고 하셨습니다. 그리고 천외천을 찾은 놈들이라고 하셨고 말입니다."

"생각해보니 그랬던 것도 같군."

"혹시 평정문의 그 기인께서도 어르신이 말씀하신 기이한 기운, 천외천의 힘을 지니고 계셨습니까?"

용문진의 질문에 봉태주는 물론이고 호태얼까지 표정이 진지해졌다. 용문진이 무엇을 물어보고 있는지 깨달은 것이다.

"클클클, 겨우 코딱지만 한 힘을 가지고 감히 그분과 비교를 하고 싶은 것이냐?"

"그럴 리가 있겠습니까. 그저 궁금할 뿐입니다."

"보아하니 너희는 천외천의 공부(功夫)를 시작한 지 얼마 되지 않은 것 같구나. 그렇지 않느냐?"

"맞습니다. 저희 정복문은 그 공부가 있다는 것을 깨달은 지 오래되지 않았습니다."

나봉구는 사람들의 시선이 초롱초롱 빛을 내며 자신을 바라보자 껄껄껄 웃음을 터트렸다.

"다들 궁금해하는 것 같으니 이야기는 해주지. 그분은 천외천의 공부를 하신 것이 아니라 스스로 계를 완성해 천외천이 되신 분이다. 기껏해야 가져다 쓰는 네놈들과는 비교 자체가 불가능하지."

나봉구의 단호한 음성에 용문진의 몸이 벼락이라도 맞은 듯 부르르 떨렸다. 나봉구의 말 한마디가 그동안 막혀 있던 답답한 것들을 완전히 해소시켜 버린 것이다.

"오호, 이놈 봐라?"

나봉구 역시 깨달음의 경지에 들어본 적이 여러 번 있었기 때문에 용문진의 반응이 무엇을 뜻하는지 잘 알고 있었다.

'단순히 차이만 이야기했는데 깨달음을 얻어? 그렇다면 이놈은 가져다 쓰는 힘과 스스로 쌓는 힘 사이에서 혼란을 겪고 있었단 말인데…….'

봉태주와 호태얼은 용문진의 상태가 평소와 다르단 느낌을 받는 순간 그가 자신들보다 먼저 벽을 무너트렸음을 느꼈다.

'막아야 한다!'

'안 돼!'

 봉태주와 호태얼은 자신들보다 먼저 천외천에 드는 것을 두고만 볼 수 없었다. 자칫하면 모든 걸 용문진에게 내주어야 할지도 몰랐다.

 "녕하 촌놈아, 그리고 그 촌놈의 어린놈아, 내가 누누이 말하지 않았더냐?"

 나철화는 두 사람의 몸에서 살기가 흘러나오자 당장에 소수마공을 끌어올리며 눈을 부라렸다.

 봉태주와 호태얼의 살기에 노기를 터트린 것은 함께 있던 나봉구도 마찬가지였다. 시커먼 마기가 순식간에 전신을 뒤덮더니 붉은 흉광을 쏟아내는 두 눈만 남겨 놓고 주변 공간을 완전히 장악해버린 것이다.

 "네놈들이 스스로 무덤을 파는구나. 사형제의 성취를 축하해주지는 못할망정 오히려 망치려 들어? 수백 년간 수련을 거듭해온 문파라기에 내심 인정하려 했더니 밑바닥부터 엉망인 놈들이로다!"

 사람들은 나철화와 나봉구의 노기에 다급하게 물러섰다. 나철화의 정체는 그렇다 치고, 나봉구가 누구인지 드디어 알게 된 것이다.

 "내가 능력이 없어서 싸대기를 그렇게 많이 맞은 줄 알아? 히어간 눈치들 하고는."

관치는 기겁한 표정을 하고 사방으로 몸을 날리는 사람들의 모습에 킥킥킥 웃음을 터트렸다.

사람들은 칙칙한 마기를 물씬 쏟아내며 봉태주와 호태얼을 집어삼킨 나봉구의 무공을 보고서야 그가 천산(天山) 십만 교도의 지도자이자 마도천(魔道天)의 주인인 천마(天魔)임을 깨달은 것이다.

소주아는 나봉구의 마기가 객잔 전체를 잠식해버리자 다급히 소리를 질렀다.

"이곳 무당산은 오라버니의 규칙이 적용되고 있단 말입니다!"

나봉구는 감히 자신 앞에서 규칙을 운운하는 소주아의 외침에 더욱 기운을 폭발시켰다. 마도천의 주인이 타인의 규칙 따위에 얽매일 이유가 없었기 때문이다.

"제발요! 아버지도 이번 일에 한 발 담그셨단 말이에요!"

흔들.

소주아의 입에서 아버지란 말이 흘러나오자 나봉구의 마기가 풍랑이라도 만난 듯 크게 흔들거렸다.

"그 친구가 말이냐?"

"네!"

"흠, 그렇다면 따라줘야지. 괜히 꼬투리 잡힐 이유가 없으니. 험험."

나봉구는 어색한 기침을 몇 차례 토해놓더니 슬그머니 마기를 거두어들였다.

"크윽."

"쿨럭쿨럭!"

나봉구의 마기 속에 갇혀 있던 봉태주와 호태얼은 창백한 얼굴로 숨을 몰아쉬었다. 아무리 방심을 했다곤 하지만 겨우 상대의 기세에 눌려 질식을 할 뻔하다니, 두 사람의 자존심은 망가질 대로 망가지고 말았다.

나봉구는 식은땀까지 흘리며 호흡을 고르고 있는 두 사람에게 다가가더니 들릴 듯 말 듯 한마디 해줬다.

"난 의리 없는 놈들을 가장 싫어한다. 사내라는 긍지를 부끄럽게 만들지 마라."

"며, 명심하겠습니다."

"옳으신 말씀입니다."

나봉구는 두 사람의 대답에 흡족한 미소를 짓더니 소주아를 바라봤다.

"험험, 이 일은 네 아버지에겐 알리지 않았으면 좋겠구나."

"물론입니다. 저 역시 숙부님이 난처해지는 걸 바라지 않습니다."

"그래, 그래야지. 껄껄껄."

"웃기는. 영감탱이 때문에 내 소수가 빛을 잃었잖아! 어디서 마기를 뿌려 대고 지랄이야!"

나칠학은 무림인이라면 누가 되었든 공포에 떨게 만들던

소수마공이 나봉구의 시커먼 뭉게구름 밑에 깔려 버리자 자존심이 상한 듯 입술을 실룩거렸다.

"미안하게 되었네."

나봉구는 슬그머니 자리를 옮기더니 나철화와 거리를 벌리고는 용문진의 상태를 살피기 시작했다. 봉태주와 호태얼이 엉뚱한 상상을 하는 순간 용문진은 보호를 하고 두 사람은 압박을 했던 나봉구였다. 신경 쓴다고 썼지만 혹시나 문제가 생기기 않았나 걱정이 됐다.

"다행히도 멀쩡하군. 명상에 든 것인가……."

이런 엉망인 장소에서 명상에 드는 짓은 자살행위라 해도 무방한 짓이었지만, 그나마 오늘은 용문진의 성취를 궁금해 하는 괴물이 둘이나 함께하고 있으니 운이 좋다고 해야 할 것이다.

"보아하니 저놈이 깨어나기 전까지는 시간이 필요할 것 같은데 잠시 쉬는 것이 어떻겠느냐?"

나봉구는 계속 이야기하느라 목도 타고 그럴 것이니 차라도 마시면서 잠시 휴식을 갖자고 이야기했다. 다른 사람이 이야기했다면 무슨 소리냐며 따질 만도 했지만 상대가 상대인 만큼 객잔 안 사람들은 조용히 찻물을 들이켜기 시작했다.

제13장. 광일미구(曠日彌久)

광일미구(曠日彌久)

-하는 일 없이 헛되이 세월만 보내어 오래 끌고 머문다는 뜻으로, 쓸데없는 소모전을 이르는 말

 태청아는 장로들과의 만남은 천천히 하는 게 좋지 않냐고 말했지만 이미 결심이 선 관치에겐 부질없는 청이었다. 오랜 시간 생각했고, 또 결정한 일이었다. 이제 와 돌이킬 수도 물러설 수도 없는 일이었다.
 "알겠어요. 기별을 넣죠."
 태청아는 꿈쩍도 하지 않는 관치의 모습에 고개를 저어버렸다.

 "장로님, 청아입니다."
 수석 장로 태무기의 거처를 찾아간 청아는 괜찮을 거라 생각하면서도 떨리는 마음을 가라앉히기 어려웠다. 아무리 좋

은 의도로 찾아왔다곤 하나 관치는 정복문의 최대 적이었고 수백 년 동안 녕하 깊숙한 곳에 웅크리게 만들었던 평정문의 후예였다.

"벌써 돌아왔느냐. 들어오거라."

청아는 태무기의 음성에 조심스럽게 안으로 들어섰다.

"청아가 수석 장로님을 뵈옵니다."

난(蘭)을 치고 있던 수석 장로 태무기는 평소와 달리 예의를 갖추는 청아의 모습에 의아한 표정을 지었다.

"잠시만 기다려 주겠느냐."

"네, 장로님."

태무기는 청아의 태도에 뭔가 중요한 할 말이 있음을 느꼈지만 그 이야기가 무엇이든 급하게 듣고 싶지 않았다.

먹물을 머금은 붓이 화지(畵紙) 위를 맴돌며 사삭거리는 소리를 만들어냈다. 처음엔 거침없이 뻗어가던 난초 잎이 시간이 지남에 따로 자연스럽게 굴곡을 만들기 시작했다.

"뜻밖의 일이 생긴 모양이구나."

"언젠간 만나야 할 사람을 만난 것뿐입니다."

쓱쓱.

난초가 자리 잡은 암벽에 농담을 표현하던 태무기는 그런 일이 있었냐는 듯 고개를 끄덕였다.

"귀인(貴人)이라 생각했느냐?"

"저에겐 그랬습니다."

"흠……."

붓을 내려놓은 태무기는 차분한 눈빛으로 자신의 그림을 내려다봤다.

"본래 군자는 도도하나 희생을 망설이지 않으며, 엄동설한에도 푸름을 잃지 않아 그 향기가 돋보인다 했던가."

태무기는 붓을 들어 자신의 그림 안에 문구를 새겨 넣더니 청아에게 시선을 돌렸다.

"아침부터 묘하게 잠을 설쳤는데 다 이유가 있었던 모양이다. 일심정(一心停)으로 차를 내오너라."

"네, 장로님."

일심정으로 차를 내오라는 태무기의 말에 청아는 안도하는 표정을 지었다. 최소한 대화는 나눠보겠다 말을 한 것이다.

관치는 청아의 안내를 받아 장로원 안쪽에 있는 연못에 도착했다. 연못 중앙에 있는 정자로 이동한 관치는 나이가 지긋해 보이는 노인 한 명과 마주했다.

"앉으시게."

관치가 자리에 앉자 태무기는 청아가 내온 차를 권했다.

"향기가 좋습니다."

관치는 말없이 차분한 모습으로 차를 음미했다.

"향기가 그리 좋은가?"

태무기는 날마다 마시는 차라 잘 모르겠다는 표정을 지었다.

"난을 치셨다 들었습니다."

관치는 그림에 대한 이야기를 꺼냈다.

"여아(女兒)는 외인이라 정(情)을 줄수록 가슴만 아프다더니……"

태무기는 가볍게 혀를 차더니 들고 있던 찻잔을 내려놓았다.

"소민이에 대한 소식은 전해 들었네."

"……"

"복수를 하고자 온 것은 아닌 듯하고. 바라는 게 있는가?"

태무기는 이렇게 서로 마주 앉아 있는데 감출 게 뭐가 있냐는 듯 말을 해보라 했다.

"아직 모르겠습니다."

"흠, 최소한 찾아온 이유 정도는 있을 것이 아닌가. 성정이 급해 보이진 않는데 앞뒤 가리지 않고 들어선 것은 아닐 테고."

"어르신은 어찌 생각하십니까."

"뭘 말인가?"

관치는 무슨 뜻이냐는 태무기의 말에 주변 풍광을 둘러보기 시작했다.

"좋은 곳입니다."

"그래 보이는가?"

"이 좋은 곳을 어찌 떠나려 하십니까?"

"떠나려 한다. 내가 그리 보였는가."

"어르신의 아이들이 터를 잡고 있지 않습니까."

태무기는 관치의 말에 작게 미소를 지으며 고개를 끄덕였다.

"그 터가 하필이면 자네의 집을 무너트리고 다지겠다 하니 문제가 된다, 이 말이겠지?"

"원한다면 내어드릴 수도 있습니다. 그래 봤자 넓은 세상에 비하면 흔적이나 남겠습니까."

관치는 분란을 만들기보다 필요한 것은 서로 나누는 것이 어떻겠냔 눈빛을 보였다.

"아직 젊은 나인데 얻은 게 적지 않은가 보네."

"열여섯에 뜻을 세웠습니다."

"빠른 나이는 아니었군."

"세 평 남짓한 공간을 나와 세상을 주유하고자 하니 어느덧 강산이 변하였더군요."

"어린 나이에 독하게 굴었군."

태무기는 인생을 그리 살면 무슨 재미가 있냐는 듯 쯧쯧 혀를 찼다.

"후회도 많이 했습니다."

"당연히 그래야지. 나 같으면 당장에 그만두고 유유자적

인생을 즐겼을 것이네."

관치는 태무기의 말에 웃음을 보이더니 식어가는 차로 입술을 축였다.

"어르신도 후회막심이셨나 봅니다."

"응?"

"저 같으면 유유자적했을 거라 하지 않으셨습니까."

"커험."

태무기는 좋은 이야기에 꼬투리는 왜 잡느냐는 표정이 되었다.

그때 정자 밖에서 청아의 목소리가 들려왔다.

"장로님, 다과를 준비해 왔습니다."

"다과를?"

태무기는 별일이라는 듯 청아를 바라봤다.

"이야기가 길어지실 것 같아 요기할 것을 내왔을 뿐입니다."

"허허, 늙으면 눈칫밥만 먹게 된다더니."

태무기는 언제부터 네가 이리 신경을 써주었냐는 듯 청아의 태도에 못마땅한 표정을 지었다.

"그럴 리가 있겠습니까."

청아는 태무기의 말이 당황스러웠는지 다과를 내려놓고 후다닥 돌아가버렸다.

장난기 섞인 눈으로 청아의 뒷모습을 바라보던 태무기가

약과 하나를 집어 들더니 다시 입을 열었다.

"청아는 성격이 급하고 말썽만 피우는 듯 보이지만 사실 속이 깊고 마음이 여린 아이라네."

"저 역시 그렇게 느꼈습니다. 아픔이 많아 보이더군요."

"자네 사문이 그리 만든 점도 없다곤 못하겠지. 요즘 들어선 달달한 것이 입에 잘 맞는군."

관치는 태무기가 자신의 사문도 한몫했다 이야기하자 인정한다는 듯 고개를 끄덕였다.

"혹시 비무와 논검의 차이를 알고 계십니까?"

"알아야 하는 것인가?"

태무기는 다시 약과 하나를 입안으로 가져가며 들어는 줄 테니 이야기해보라는 듯 손짓을 했다.

"앙심은 복수를 부른다 했던가?"

"당연지사입니다."

관치는 마지막 남은 약과를 먼저 챙겨들며 고개를 끄덕였다.

"자네 사문 탓에 가문이 무너져 제대로 앙심을 품기는 했는데 그 복수라는 게 참 오묘하더란 말일세."

잠시 헛눈을 판 사이 마지막 약과가 관치 손에 들어가버리자 태무기의 얼굴에 아쉬움이 묻어났다.

"경청하겠습니다."

"갈 날이 얼마 남지 않으니 모든 게 부질없더란 말이지. 앙심이라 부를 만한 것도 애들에게 나눠주다 보니 별로 남아 있지도 않고."

"그 애들이라는 사람은 자신이 겪지도 않은 일에 앙심을 가졌으니 인생 참 불행하군요."

관치는 '왜 그러셨습니까?' 하는 눈빛으로 퉁명스런 어투를 보였다.

"그렇지. 애들 입장에선 그런 셈이지. 하지만 이제 와 부질없는 짓에 목숨을 걸 필요 없다며 엉뚱한 소리를 한다는 것은……."

"방법이 없겠습니까? 모두가 잘 사는 그런 기찬 방법 말입니다."

"그런 게 있으면 자네가 좀 알려 주게나. 혈기 왕성한 녀석들에게 괜한 소리를 했다간 오히려 일만 복잡해질 상황이네."

"어렵게 찾아왔는데 역시 쉽지 않군요."

관치는 입술을 삐죽거리며 무척이나 아쉬운 표정을 짓다가 다시 입을 열었다.

"광일미구(曠日彌久)란 말을 아십니까?"

"《전국책(戰國策)》〈조책(趙策) 편〉에 나온 말 말인가?"

전국시대 말 조(趙)나라 혜문왕(惠文王) 때 연(燕)나라의 공격을 받은 혜문왕이 제(齊)나라에 사신을 보내어 제수(濟水) 동쪽에 위치한 3개 성읍을 할양한다는 조건으로 명장 전단(田單)의 파견을 요청하였다.

전단은 일찍이 연나라의 침략군을 화우지계(火牛之計)로 격파해 연나라에 빼앗겼던 70여 개의 성을 회복한 명장인데 조나라의 요청에 따라 총사령관이 되었다. 그러자 혜문왕의 조치에 크게 반발한 조나라의 장수 조사(趙奢)는 재상 조승(趙勝)에게 항의하고 나섰다.

"제나라와 연나라는 원수지간이긴 합니다만, 전단은 타국인 조나라를 위해 싸우지 않을 것입니다. 우리 조나라가 더욱 강해지면 제나라의 패업(霸業)에 방해가 되기 때문이죠. 그래서 전단은 조나라 군사를 장악한 채 오랫동안 쓸데없이 헛되이 세월만 보낼 것입니다. 두 나라가 병력을 소모하여 피폐해지는 것을 기다릴 것입니다."

조승은 조사의 의견을 묵살한 채 미리 정한 방침대로 전단에게 조나라 군사를 맡겨 연나라 침공군과 대적케 했다. 그 결과 조사가 예언한 대로 두 나라는 장기전에서 병력만 소모하고 말았다.

이같이 전단이 전략적으로 지연작전을 펴서 소모전을 안겨 주었던 고사에서 '광일미구' 라는 성어가 나왔다.

" '광일지구(曠日持久)' 라고도 하고 줄여서 '광구(曠久)' 라고도 하죠."

"그래, 누가 제나라고 누가 연나라인가? 아니지, 누가 조승이고 전단인지가 더 중요하겠군."

태무기는 '자네가 전단인가?' 하는 표정으로 관치를 바라봤다.

"전단은 어르신의 아이들입니다."

"응? 왜 그리된단 말인가? 내 아이들은 지지부진 소모전을 택할 이유가 없지 않은가?"

"그것은 어르신이 재상 조승과 같기 때문입니다."

"허허허, 내가 조승과 같다?"

태무기는 기분이 상했다는 듯 관치를 바라봤다.

"조나라의 안위를 위해 문주라는 성읍을 걸고 무림에 전단을 파견한 것은 어르신이 아닙니까."

"내가 그 아이들에게 문주 자리를 건 것은 사실이네. 하지만 그래서 그 아이들은 멈출 수가 없는 것이네."

태무기는 관치의 판단이 틀렸다는 듯 고개를 저어버렸다.

"그것은 전단이 제나라 사람이기 때문입니다. 어르신은 조나라를 위해 명장을 파견했지만 결국 전단은 제나라 사람이니 조나라를 위할 이유가 없습니다."

"이해가 가지 않는군."

"어르신은 봉태주나 다른 이들에게 조나라와 같다는 말입니다."

"결국 그 아이들이 원하는 것은 나와 중원 무림의 양패구상이다?"

"물론입니다. 수백 년간 웅크리기만 했던 정복문이 세상에 나섰습니다. 과연 모든 것을 움켜줠 수 있는 힘이 있는데 상전을 두려고 하겠습니까?"

"그 아이들이 나를 배척할 것이라 어찌 단정하는가?"

"그것은 어르신이 태가의 사람이기 때문입니다. 정복문이 여러 가문의 경쟁을 이용해 성장해왔기 때문이라고 말씀드리면 이해를 하시겠습니까?"

"이미 망해버린 가문을 존속시킬 이유가 없다?"

"권력은 자식과도 나누지 않는다 하였습니다."

"허허허허."

태무기는 관치의 말에 어이가 없다는 듯 웃음을 터트렸다.

"인정하지 못하시겠다면 한 가지 묻겠습니다."

"그렇게 하게."

"태가의 장녀, 소민을 왜 방치하셨습니까. 문에서 쫓겨나 사지로 내몬 것도 모자라 다른 가문에 이용만 당하고 결국엔 팽(烹)될 것을 알고 계셨음에도 왜 막지 못하셨습니까? 청아가 용가에 잡혀 있고 봉가의 감시를 받고 있다는 것을 진정 모른다 하실 겁니까!"

관치는 감정이 격해졌는지 언성이 높아졌다.

"조나라를 살릴 방법이 있다는 말인가?"

"조나라를 살리려면 제나라를 멸해야 하고 제나라가 멸하고 나면 연나라가 조를 칠 것입니다."

"어렵구나. 정복문의 위치가 그리 위태롭단 말인가?"

"황실이 무림의 활동을 제재해왔다는 것은 알고 계실 겁니다."

"물론이네."

"전단의 역할을 하는 세 가문의 수장들이 그동안 묶어놓았던 무림의 족쇄를 풀어주었습니다."

"한림서원과 당문 때문이겠군."

"소가장은 그저 작은 장원이지만 한림서원은 대대로 황사를 배출한 명문 서원입니다."

"알고 있네."

"당문은 무림 활동이 어려워진 뒤부터 세가의 생존을 위해 독과 암기를 감추고 의술을 펼쳤던 곳입니다. 약왕당과 함께 중원 이대 의가로 이름을 얻은 곳에 불을 질렀으니 당연한 결과입니다."

"봉가와 호가, 그리고 용가는 결국 복마전을 열어놓은 겁니다."

"하지만 나는 그들의 움직임에 제동을 걸 수가 없네. 이미 오랜 숙원이었고, 또 처음으로 입성까지 한 상태지 않은가."

태무기는 광일미구가 될지라도 자신이 할 수는 없다고 했다.

"물론입니다. 저 역시 그렇게 생각하고 있습니다."

태무기는 관치 역시 인정한다고 하자 의아한 눈빛이 되었다. 모든 걸 인정하고 감내할 생각이었다면 무엇 때문에 이곳까지 찾아왔단 말인가.

"그래서 한 번 더 평정문이 나설까 합니다."

"크크크크, 하하하하하!"

태무기는 관치가 무슨 의도로 이런 이야기들을 꺼냈는지 불현듯 이해가 되었다. 결국 조나라와 연나라가 싸울 필요도 없고 제나라를 끌어들일 필요도 없이 그냥 그대로 있어 달라는 말 아닌가.

"앞으로 어떻게 할 생각인가?"

"제나라 사람이 조나라에 들어와 연나라와 싸우고 있습니다. 그런데 조나와 연나라가 화평을 맺는다면 전단은 연나라와 조나라에 갇히는 형국이 될 것입니다."

"방법은 있는가?"

"무림맹은 제가 책임을 지겠습니다. 어르신은 정복문의 장로원을 막아주십시오."

"그 아이들이 동의를 하겠는가?"

"피 한 방울 흘리지 않고 중원을 접수할 방법이 있다면 어르신은 어떻게 하시겠습니까? 무작정 밀고 들어가 양패구상을 하겠다면 그야말로 미친 짓이 되겠죠."

"만에 하나 그런 방법이 있는데도 피를 보고자 한다면 나에게 명분이란 게 주어지겠지."

 태무기는 관치가 어떤 일을 어느 정도로 준비해뒀는진 알 수 없었다. 아니, 알아서는 안 된다고 생각했다. 모름지기 오른손이 하는 일은 왼손이 몰라야 한다고 하지 않았던가.

 "자세히 묻지는 않겠네. 자네가 말한 대로 조건만 갖춰진다면 삼대 가문 역시 반대를 하진 않을 것이네."

 "감사합니다."

 "감사는 무슨. 그런데 말일세."

 "네."

 "준비할 시간이 빠듯하지 않겠는가?"

 "어르신이 마지막 준비였습니다."

 "허허허, 그랬군, 그랬어."

 태무기는 왜 관치가 위험을 무릅쓰고 정복문까지 찾아왔는지 이해가 됐다는 듯 껄껄거리며 웃음을 터트렸다.

 "자네 부탁을 들어주는 대신 나도 한 가지 조건이 있네."

 "무엇입니까."

 "자네의 일이 끝나고 나면 그때 요구하겠네."

 "네? 그런 식의 조건은 절대 사절입니다만."

 관치는 내키지 않는 표정으로 고개를 저어버렸다.

 "자네에게 손해가 나는 일은 아닐 걸세. 그러니 그렇게 하겠다 약조해주게."

 "하지만……."

"싫으면 지금까지 한 이야기 다 없던 걸로 하든가."
"……"

　　　　　　◎　　◎　　◎

꽝! 우지끈!
봉태주는 분을 참기 어려운 듯 그대로 탁자를 내리쳐 버렸다.
"감히, 몰락한 가문의 추억이나 되새기는 자가!"
소주아는 분노를 감추지 못하는 봉태주를 보며 다시 입을 열었다.
"여기까지 이야기를 하고 나면 전하라는 말이 있었습니다."
"무엇이냐?"
"승부를 없었던 것으로 하고 모든 걸 무효화시키고 싶다면 받아들이겠다고 했습니다."
"크크크크, 동정이라도 하겠다는 것인가?"
봉태주는 피가 배어나도록 입술을 깨물었다.
"어떻게 하시겠습니까?"
"말이라고 하는 것이냐! 이제 와 모든 걸 알았다 해도 물러설 수는 없다. 내가 여기서 모든 걸 무효화시킨다면 강호 무인들이 뭐라 하겠냔 말이다!"

대결을 포기하는 순간 무당산을 아우르고 있는 규칙도 사라질 것이고, 곳곳에 퍼져 있는 자신의 수하들은 관치 그놈에게 각개격파당하고 말 것이다. 당장 이곳 죽산 객잔만 해도 정복문이 아닌 관치가 장악한 상태나 마찬가지였다. 여기서 물러난다면 곧바로 살육이 시작될 것이고 결국엔 모든 책임이 자신에게 돌아올 것이다. 승부를 포기하는 순간 무조건 질 수밖에 없는 상황인 것이다.

"교활한 놈. 궁지에 몰아놓고 모든 걸 무효화시켜도 좋다고? 네놈 뜻대론 되지 않을 것이다."

봉태주는 정복문 수하들에게 관치에 대한 수색을 중지하고 전열을 정비해 죽산에 집결하도록 명령을 내렸다. 만에 하나 수하의 실수로 규칙이 깨어지기라도 하는 날엔 관치가 파놓은 함정에 빠질 수도 있었기 때문이다.

"아, 아쉽네요. 여기서 봉가의 가주가 흥분을 감추지 못했다면 일이 쉽게 끝났을 텐데."

소주아는 정말 아쉽다는 듯 봉태주를 바라봤다.

"잔머리 굴리지 마라. 그 정도 예상도 못할 것이라 생각했느냐!"

"그냥 아쉽다는 거죠. 하지만 오라버니 입장에선 오히려 바라는 대로 되었으니……."

소주아가 자신이 아쉬울 뿐, 관치 입장에선 원치 않는 일이었다고 말하자 봉태주의 얼굴은 더욱 비참하게 일그러졌다. 소주아의 말대로라면 어떤 선택을 해도 자신이 이길 방법은 전무할 뿐이었다.

'소관치, 승부는 아직 나지 않았다. 어디에 숨어 있는진 모르겠지만 결국 마지막에 웃는 것은 내가 될 것이다.'

7권에 계속

www.mayabook.co.kr

www.mayabook.co.kr

www.mayabook.co.kr